関所破り

下っ引夏兵衛捕物控

鈴木英治

角川文庫
19715

目次

第一章　袈裟斬り

一

うたた寝している。

うつらうつらして、船を漕《こ》いでいるのを伊造《いぞう》は知っている。

こんなところで寝ちゃあ、駄目だぞ。

おのれに強くいいきかせるものの、伊造には眠りの甘い誘いにあらがえるだけの力はない。

それだけ心地よい。

疲れているのか。そうかもしれない。

なにしろ岡っ引というのは、厳しくてつらい仕事だ。並みの者にはつとまらない。

これまでの疲れが澱《おり》のようにたまり、体に重しをつけているのか。

このままぐっすりと眠りこむことができたら、どんなに楽だろう。

だが、それはできない。仕事が残っているからではない。ここが娘のおりんの店だからだ。

店は清水屋《しみずや》といい、うまいことで評判の一膳飯屋《いちぜんめしや》である。おりんが目利きで、下手な物は仕入れてこない。いい物だけが常にそろっている。その上、おりんは包丁が達者だ。まずいはずがない。

土間に五つの長床几《ながしょうぎ》が置かれ、あとは十畳の座敷があるだけの店。

伊造は一人、座敷の一番奥に座りこみ、壁に背中を預けている。

午後の八つ（午後二時）すぎに、仕込みのためにいったん店は閉めている。今は七つ（午後四時）を少しまわったあたりで、店はまだ開いていない。七つ半（午後五時）に店は再開する。酒も供しているから夕暮れを迎える頃には、飢えた者たちで、ぐっと混んでくる。

その前に、出なければならない。

しかし、半分ひらかれた入口から吹きこんでくる風は、じき冬がやってくるとは思えないほどあたたかく、まるで上質な着物にふんわりと包まれているような心持ちだ。払いのけようなどという気にならない。どこか母に抱かれている感じに似ている。

母のことなど、最近では思いだすことはなかった。

やさしかった母。

子供の頃の笑顔が浮かんできた。目を細め、穏やかに見ている。

ああ、懐かしいなあ。会いてえよぉ。

伊造は手を伸ばした。ふっと母の顔が消えた。

どうしてだい。

目尻《めじり》に涙を感じた。

うたた寝しながら、泣くなんて芸当ができるようになっちまったか。やはり歳を取ったのか。

こんなことじゃあ、いけないんだがなあ。

尻がゆっくりと動き、背中が壁から離れてゆく。

ああ、わしは横になろうとしているんだなあ。

それがわかったが、伊造は体をとめようという気にならなかった。

ずるずると動いて、畳に背中がついた。

ああ、眠りこんでしまうなあ。おりんが起こしてくれるからいいか。

「おとっつあん」

おりんの声がした。予期したよりずっとはやかったから、伊造は驚いて目をあけ、上体を起こした。

「どうした」

「こんなところで寝こんじゃって、風邪を引くわよ」

伊造は唇をゆがめるようにして笑った。

「そんなにやわにはできちゃいねえ」

「どうかしら」

おりんが笑みを浮かべて小首をかしげる。その仕草のかわいさに、我が娘ながら伊造は目をみはりそうになった。

「おとっつあん、もう歳だもの。若い頃は確かに頑丈だったんでしょうけど、今は……」

「今だって同じだ」

伊造は軽々と起きあがった。いや、その気だったが、腰のあたりがぎくりと痛んだ。

「大丈夫」

おりんが腕をのばして、支えようとする。

「平気だ」

伊造はおりんの腕をそっと払い、壁に手をついた。腰をさすって、痛みが去るのを待つ。

「おとっつあん、本当に大丈夫なの」

「ああ、へっちゃらに決まっているだろう。おめえのいう通り、若い頃と同じってわけにはいかねえが、このくらいの痛み、たいしたことはねえ」

「でも……」

おりんが案ずる瞳《ひとみ》で見ている。

「おとっつあん、八つすぎに見廻《みまわ》りから帰ってきて、遅いご飯を食べて、それからここでずっと寝ていたのよ。とても疲れているんじゃないの」

「そんなことはねえ」

「でも、疲れてなきゃ、こんなところで寝こむなんてこと、ないでしょう」

「寝こんでなんかいやしねえ。考えごとをしていただけだ」

「またそんな屁理屈《へりくつ》いって」

「屁理屈なんかじゃねえよ。それにおりん」

「なに」

「屁、なんて言葉、若い娘がいうもんじゃねえよ」

腰の痛みが去った。伊造はおりんに知られないようにひそかに息をつき、壁から手を放した。

おりんが病人を見るような目で、見つめている。

「おりん、いつまでもわしを相手にしていていいのか。仕込みはまだ終わっていないんだろうが」

「そりゃそうだけど、心配だもの」

娘が気にかけてくれるのはひじょうにうれしく、ありがたかったが、伊造の口から感謝の言葉は出なかった。

「あの馬鹿はどうした」

「馬鹿って誰」

おりんがしらっとした顔でき返す。

「とぼけるんじゃねえよ」

「とぼけてなんかいないわ」

「馬鹿といったら、うちには一人しかいねえだろうが」

「兄ちゃんのこと」

「そうさ。豪之助《ごうのすけ》だ」

「兄ちゃんは馬鹿なんかじゃないわよ。そのことは、おとっつあんだってわかっているんじゃないの」

伊造は一瞬、つまった。確かに、その通りだ。せがれの豪之助は博打《ばくち》と酒と女遊びが大好きなどうしようもない男だが、なかなか鋭いところがある。

豪之助が伊造の跡を継いで岡っ引になりたいといったとき、伊造は、おめえになんかつとまりやしねえ、とばかりに一蹴《いっしゅう》したが、その後、豪之助が意外に向いているかもしれないと知り、今はどうするか、心がぐらついている。

いや、どちらかといえば、すでに継がせるほうに傾いている。せがれが自分と同じ道を選んでくれるというのは、やはりうれしいものなのだ。

しかし、とも思う。やつに本当に岡っ引がつとまるのか。命の危険にさらされるのも、しばしばだ。そういうとき、せがれは危地を脱することができるのか。

おりんがにこにこ笑っている。

「なんでえ、その顔は」

「えっ、なんでもないわ」

伊造はにらみつけた。

「わしの心など見抜くのはたやすいって顔だな」

「そんなことないわ」

おりんが、きらきらと光る瞳でじっと見返す。

「おとっつあんは腕利きの岡っ引だもの。そんな百戦錬磨の人の心を、私のような小娘が読めるはずがないわ」

「ふん、どうだかな。少なくとも、おめえはただの小娘じゃねえ」

伊造は磨きあげられたようにきれいな店のなかを見渡した。

「豪之助はどこに行きやがったんだ」

さあ、とおりんが小さく首を振った。

「わからねえってはあるめえ。おめえとあの馬鹿、いや、豪之助は仲がいい。それに、ここはおめえと豪之助の二人の店だ」

「でも、わからないものはわからないもの」

伊造は心中で舌打ちした。

「しようがあるめえ。どうせ、怪しげな飲み屋か賭場《とば》だろう」

吐き捨てるようにいったそのとき伊造は、この店に向かって駆けてくるらしい足音をきいた。

「伊造さん、いますかい」

暖簾《のれん》のかかっていない入口を入ってきた者が、いった。

「あっ、やっぱりこちらでしたかい」

息せき切って駆けてきたのか、男は紅潮した頰をうれしそうにゆるめる。

「ああ、民蔵《たみぞう》さんか」

裾《すそ》を軽く払って、伊造は土間に降りた。店が開いておらず、おりんのほかは客が一人もいないことがありがたい。なにしろ、この店がある本郷菊坂田町《ほんごうきくざかたまち》界隈《かいわい》では、伊造が岡っ引であることを知っている者は、数えるほどしかいないのだ。もともと十手持ちは闇の世に生きている。正体をさらすような真似をすれば、寿命を縮めるも同然だ。

「なにかあったんですかい」

ていねいな口調できく。民蔵は年下といっても、町奉行所同心の滝口米一郎《たきぐちよねいちろう》の小者をつとめている。伊造は米一郎から手札をもらって岡っ引をしている。

民蔵は町奉行所に正式に仕えている男だが、こちらは公儀から禁じられて目明しから岡っ引と名を変えて生き残っている商売だ。どちらが上か、考えるまでもない。

民蔵が大きく息をつく。咳《せ》きこみそうになっていた。

「おりん、水を」

伊造はすばやく命じた。

「はい、ただいま」

おりんが瓶《つるべ》から湯飲みになみなみと水を汲《く》み、急いでやってきた。湯飲みから水がほとんどこぼれなかったのは、我が娘ながらさすがとしかいいようがない。

「どうぞ」

民蔵に湯飲みを手渡すおりんを見て、伊造は、やはりこの娘は柔《やわら》を習っているのかな、と思った。

以前、おりんと一緒に歩いていた伊豆島謙吾《いずしまけんご》という男を思いだす。伊豆島は柔の道場の師範をつとめている。

二人は恋仲なのかと疑ったこともあったが、あれはきっと師匠と門人の間柄なのだろうと伊造は考えるようにしていた。

どうしておりんが柔を習いはじめたのか。それはまだわからない。おりんも話そうとしない。いずれ話してくれるものと伊造は信じている。

民蔵が喉《のど》を鳴らして、一気に干した。

「おかわりをお持ちしましょうか」

「いえ、もうけっこうです」ありがとうございました、と民蔵が湯飲みをおりんに返す。

「人心地、つきましたかい」

伊造は民蔵にきいた。

「はい、おかげさまで」

民蔵の息はもとに戻っている。顔も、もう赤くない。

「それで、なにがあったんですかい」

伊造はあらためてたずねた。

民蔵が喉仏を大きく上下させる。まるでなにかの生き物のように見えた。

民蔵が、そこにいるのを気にしたような眼差《まなざ》しをおりんに送る。

それでなにが起きたのか、伊造には見当がついた。

「殺しですよ」

案の定、民蔵はいった。

晩秋のことでもあり、夕闇は天空から降りてきた夜にあっさりと呑みこまれた。

あたりには暗さが満ち、民蔵の持つ提灯《ちょうちん》だけが淡くてせまい光の道をつくってゆく。

「こちらです」

足をとめた民蔵が提灯をかざし、そこにぽっかりと口をあけた路地があることを伝える。

伊造は路地をのぞきこんだ。

意外に奥行きのある路地で、半町ばかり先でいくつもの提灯がつくる光の列が交錯している。多くの人が動き、それが影絵のように見えている。

「どうぞ」

再び民蔵が前を歩きだした。

「滝口さま」

民蔵が、一人の長身の男に声をかける。

「呼んできたか」

「はい」

民蔵にうながされ、伊造は進み出た。一礼する。

「遅くなりまして」

「いや、いいさ」

町奉行所同心の滝口米一郎が鷹揚《おうよう》にいう。

「今日は日がな一日あたたかだったから、伊造ものんびりしていたんだろう。急に呼びだしたりして、悪かったな」

微笑する。米一郎のそばに付き従っている忠実な中間《ちゅうげん》の次兵衛《じへえ》も、しわ深い柔和な笑みを見せた。

米一郎は二十九という若さの上、鼻筋の通った精悍《せいかん》な顔つきをしている。役者にもなれるのではないか、というほどの男ぶりだ。顔にはまったく自信がない伊造だが、もしこんないい男に生まれていたら、どんな人生が送れていたのだろう、としみじみ思わせるものが、目の前の町方同心にはある。黒羽織の着流し姿も、実に決まっている。かっこよいというい方しか思い浮かばない。

「とんでもない」

伊造は腰をかがめ、膝《ひざ》に両手を置いた。

「あっしこそ、たいへんな事件が起きたのになにも知らねえで、面目次第もねえこって」

「いや、それは仕方あるまい。このあたりは伊造の縄張ではないからな」

確かにその通りで、伊造の縄張は本郷菊坂田町周辺だ。ここは根津門前町《ねづもんぜんちょう》だ。すぐ近くに、日本武尊《ヤマトタケル》が創祀《そうし》したと伝えられる根津権現がある。

このあたりを縄張としているのは、銀太郎《ぎんたろう》という岡っ引だ。銀太郎も米一郎から手札をもらっている。女房に煮売り酒屋をやらせ、その上がりで数名の下っ引を養っている。

下っ引といえば、と伊造は思いだした。いや、思いだしたのではない。常に頭にあるといっていい。

あの男はどうしているのか。名は夏兵衛《なつべえ》。柔をつかう男だ。

ここ二年、府内を騒がしている盗人《ぬすっと》がいる。どうやら鼠がきらいなようで、伊造は、鼠苦手小僧《ねずみにがてこぞう》と勝手に名づけている。夏兵衛こそが鼠苦手小僧ではないかとにらんだことがある。

しかし今は、夏兵衛のことを考えているときではない。

「銀太郎親分は、どうかしたんですかい」

「うん、寝こんでいる。風邪らしいが、腹痛もあるそうだ。見舞ったが、うんうんうなっていた」

「さいですかい。あっしも見舞いましょうかね」

「折を見てでよかろう。もともと頑丈な男だ、数日すればけろっと治っちまうにちがいない。俺からも、伊造が縄張で動くことは伝えてある。銀太郎は、伊造親分なら、とっても喜んでくれたよ。手下は自由につかってくれとのことだ」

「さいですかい」

伊造の返事をきいて、米一郎が剃《そ》り残しがないか確かめるように自らの顎《あご》をそっとさすった。

「伊造のことだから、よその手下をつかうような真似はせぬな」

はなからそのつもりだった。伊造は小さくうなずきを返した。

「道々、民蔵さんからききましたけど、男が殺されたそうですね」

伊造は米一郎を見つめた。

「そうだ」

米一郎が、きれいな線を描く顎を上下させた。

「来てくれ」

米一郎の先導で、伊造は路地の奥にあるさらにせまい道に入りこんだ。

そこは小禄《しょうろく》の侍の屋敷の裏手に当たる場所で、連なる低い塀がたわむように曲がり、一見、窪地《くぼち》のようになっている。そのためか、伊造はいっそう闇が深く横たわっている感を受けた。

「これだ」

米一郎が、中間の次兵衛に提灯を当てさせた。

ぼんやりと浮かびあがったのは、うつぶせている死骸《しがい》だ。横にどろりと黒く見えているのは、血である。いったいどれだけの量が流れたのか、血溜《ちだま》りになっている。身なりや髷《まげ》の形からして、町人であるのはまちがいない。顎や口のまわりに濃いひげが生えている。剃り残しがまったくない米一郎とはまったくちがう。ひげを生やしていてもかまわない生業《なりわい》ということか。

むっ。伊造は男の足に目をとめた。乱れた裾《すそ》から見えているふくらはぎが、太くがっしりとしている。まるで大木のようにすら感じられる。

「いいところに目をつけたな」

米一郎が小さくうなずいていう。

「足だけじゃない。腕や肩のあたりも見てくれ」

伊造はいわれた通りにした。次兵衛が提灯を動かし、見やすくしてくれる。

「なるほど、上体もずいぶんとたくましいですね」

「人足や駕籠《かご》かきかな」

米一郎がいい、伊造は死骸の右肩を見つめた。

「肩が見えればいいんでしょうけど、このままじゃあわかりませんね」

伊造は米一郎にただした。

「検死医師はもう来たんですかい」

「いや、まだだ」

米一郎が顔をしかめる。

「このあたりで我らが検死を頼んでいるのは、昆按《こんあん》先生だが、なにしろ忙しいご仁だからな、なかなかつかまらんのかもしれん」

昆按の評判は、伊造もきいている。腕のいい医者で、利をむさぼろうと思えばいくらでもできるはずだが、相手にしているのは、ほとんどが貧乏人だという。いつでもいいよ、と代を取ることは滅多になく、その分は金持ちからいただいているからという話を耳にしている。

「さいですかい」

伊造はむずかしい表情をつくった。

「でしたら、この仏さん、動かせないってことですね」

「まあな」

医者による検死が終わるまで、死骸は触れても動かしてもならないという決まりが、厳としてある。そういうことはきっちりと守らなければならないことを、伊造は熟知している。

「だが、伊造、どういう殺され方をしたかは、一目瞭然《いちもくりょうぜん》だぞ」

「斬殺《ざんさつ》ですね」

「ああ、袈裟《けさ》にやられたらしい。見事すぎるほどの切り口なのはまずまちがいないな」

「相当の手練《てだれ》に殺《や》られたってことですね」

「そうだ」

米一郎が苦い物でも嚙《か》み潰《つぶ》したような顔をする。

「俺など、もしやり合ったらまず勝てぬだろうな」

侍なのに、そんな弱気を平気で口にする。なかなかできることではない。

「そんなことはないでしょう」

伊造は本気でいった。

「滝口の旦那《だんな》は、御番所きっての遣い手とうかがっていますよ」

背後で、次兵衛も大きくうなずいている。

「番所のなかではそうかもしれんが、この広い江戸でどうか、と考えると、心許《こころもと》ない」


「さいですかい」

伊造は不承不承《ふしようぶしよう》、相づちを打った。

「俺の腕のことなどどうでもよい。伊造、まずはどうすればいいと思う」

米一郎の目は死骸に当てられている。

「辻斬《つじぎ》りってことは、考えられませんか」

「あまり人けがないところでの犯行ということもあり、十分に考えられる。傷は見えぬが、すさまじい傷であるのはまちがいない。腕もあるが、下手人が相当いい刀を所持しているのは紛れもなかろう」

「さいですよね」

「しかし伊造、辻斬りではないと思っている顔つきだな」

伊造は自らの頬をつるりとなでた。

「そんなこともありませんが、辻斬りが最後に出たのはいつのことですかい。あっしが生まれる前に最後の辻斬りがあったって、きいています」

「ああ、もう六十年近くも前のことだろう。名刀の試し斬りをするなら、辻斬りなどせずとも、死骸でいくらでも試し斬りができるからな」

獄門になった者の死骸などが、刀の試し斬りに供されるのだ。大名や旗本などが、公儀の名によりその任を負っている山田浅右衛門《やまだあさえもん》家などに依頼する。

「今の世、辻斬りってのは、あまりに考えにくいですね」

「まあ、そうだな」

伊造は、死骸の懐が見えないかと姿勢を低くした。残念ながら見えない。

「金子《きんす》は奪われているんでしょうか」

「まだわからぬ。だが、この分では、懐に財布や巾着《きんちゃく》がしまいこまれていたとしたら、それらも真っ二つにされているんじゃないだろうか」

「なるほど」

伊造は腕組みをした。

「となると、金目当てでもねえってことになりますね」

「うむ」

「名や素性はわかっているんですかい」

「いや、そのあたりはまだだ」

「でしたら、そのあたりからまず探っていくことにいたします」

「そうだな」

米一郎が目をあげ、伊造を見る。瞳《ひとみ》が秋空を思わせる深みのある色をしているのが、夜でもはっきりとわかる。

「すさまじい傷を与えられているんだ、なまなかな理由で殺されたわけではあるまい。身許《みもと》がわかれば、そのあたりもきっと明らかになろう」

米一郎が肩を叩《たた》いてきた。

「伊造、頼りにしておるぞ」

「はい、力の限り、がんばります」

「うむ、頼む」

こういうふうにいうが、米一郎自身、ひじょうに切れ者で、探索に長《た》けている。伊造がいなくとも、きっと自ら事件を解決に導くにちがいない。

伊造にこうして探索をまかせるのは、一刻もはやく事件を解き明かしたほうがいいと考えているからで、大勢で調べたほうが早道であるのを知っているのだ。誰が手柄を立てようと、関係ないというおおらかさが米一郎にはある。

「ところで、せがれの豪之助はどうした。下っ引としてつかうつもりでいるんじゃないのか」

米一郎にきかれ、伊造はわずかに顔をゆがめた。

「あいつは駄目ですよ」

うつむき加減にいった。

「そんなことはあるまい」

米一郎が明快に断じる。

「豪之助は頭のめぐりがいいし、岡っ引をつとめるに十分な鋭さがある。それは親父譲りなんだろう。伊造、せがれの鋭さにはすでに気づいているのではないか」

「いえ、はあ、まあ」

米一郎がまた肩を叩いてきた。今度はさするようなやさしさがあった。

「長い目で見ればいいさ。伊造だって、いきなり腕利きの岡っ引になったわけではあるまい」

「はい、ありがとう存じます」

伊造は、米一郎のせがれへの心遣いがうれしくて、じっと下を向いていた。

二

今夜はきっと馬鹿づきだぞ。

予感が豪之助にある。

やっぱりいいよなあ。

酒の入った湯飲みを手に、壁に背をもたれて豪之助は賭場《とば》を見渡した。神田小川《かんだおがわ》町《まち》にある旗本屋敷だ。その中間部屋が賭場になっている。

鉄火場。賭場というのは、まさにそれだろう。

まだ宵の口だから、客の数はそんなに多くはないが、すでに諸肌《もろはだ》脱ぎになった壺《つぼ》振りが中央にいて、七、八名の客が血走った目をさいころと壺振りの指に向けている。

いくつもの燭台《しょくだい》に灯《とも》された百目ろうそくの明かりで、賭場のなかは薄曇りほどの明るさに保たれている。

これから、昼飯どきの清水屋のようにどんどんと客が増えてきて、雰囲気はもっと殺気立ったものになる。

今はのんびりと煙管《キセル》をくゆらせて、勝負の行方を見守っている者も多い。今日のさいころが、丁半どちらに転ぶことが多いか、探ろうとしているのだ。

さいころには今日は丁が多いと思える日、その逆の日という波は、確かにある。

そういう波を見極めるのは、とても大事なことだろう。

実際に、豪之助も見習って勝負に挑んだことがある。

だが、波というのはその日のうちに何度もやってきて、それまでは丁が多かったのに、勝負に加わった途端、その逆の目ばかりというのは、何度も味わっている。

だから豪之助はおのれの直感にいつも頼ることにしている。それで勝てるかというと、話はまたちがうのだが、負けたとしても、おのれの勘に頼って負けたほうが潔い気がするのだ。

それでも、目はさいころがどちらに出るか、追ってしまっている。

どうやら今日は、半に片寄っているようだなあ。

だからといって、半ばかり賭《か》けても仕方がない。それぞれ丁半に賭ける客の数がそろわないと、さいころ博打《ばくち》は勝負が成り立たないからだ。

湯飲みの酒をちびちびやりながら、勝負を見ていた。

すでに五つ(午後八時)をすぎ、客はだいぶ増えてきている。もう三十人近くはいるのではないだろうか。

殺伐とした空気が、煙草の煙でもうもうとしている賭場のなかを覆い尽くそうとしている。

こうでなくっちゃいけねぇよ。

豪之助は自らの小心をよく知っているが、どういうわけかこういう雰囲気は大好きなのだ。

喧嘩《けんか》が起きて、それを見物するのも好きだ。自分が巻きこまれるのはぞっとしないが、対岸の火事よろしく、見ているのは本当におもしろい。

「豪之助さん」

やくざ者が寄ってきた。大徳利《おおどっくり》を手にしている。

「もっと飲みますかい」

「ああ、いただこうかな」

「どうぞ」

やくざ者が大徳利を傾ける。なみなみと注いでくれた。

「すまねえな」

「いえ、豪之助さんは常連さんで、お世話になっていますからね、このくらいは当たり前ですよ」

豪之助は酒を一口すすって、にこりと笑った。

「こちらじゃあ、だいぶつかわせてもらったからねえ」

「ありがとうございます。豪之助さんはお得意さまですよ」

「そういわれても、うれしくないねえ」

やくざ者がにっと笑みを浮かべる。子供のような顔つきになる。根はそんなに悪くない男なのではないか。

いや、ちがう。子供のような顔をした男のほうが、もしかすると性根が曲がっているのかもしれない。

「でも豪之助さんは、勝っても負けても後を引かずにすっきりされていやすから、あっしたちにとってとてもいいお客であることに、変わりはありませんぜ」

「勝っても負けてもって、俺はほとんど負けてばかりだよ」

「今夜はきっと勝てますよ」

やくざ者が肩を思い切り叩いてきた。

「根性入れて、勝負に臨むのが肝心だと、あっしは思いますよ」

「いつもそういうつもりでいるんだけど、うまくいかないんだよなあ」

「今日は大丈夫ですって。あっしが請け合いますよ」

「そうかい」

豪之助は喜色を浮かべた。

「実をいうと、俺も今日は大勝ちできそうな気がしてならないんだ」

「きっとそうなりますよ」

やくざ者が壺振りに目を当てる。

「前も、勝ったのはあの壺振りのときじゃあ、ありませんでしたかい」

いわれて、豪之助はじっと見た。

「確かにそうだ。この前、といったって、だいぶ前のことだけれど、俺が勝ったとき、あの人が壺振りをつとめていたよ」

「でしょう。豪之助さん、今日はもう勝ったも同然ですよ。さあ、場にまざりやせんか」

やくざ者にうながされ、豪之助は湯飲みを一気に干した。立ちあがる。酔いがまわり、体がふらついた。

「おっと、大丈夫ですかい」

やくざ者が横から支える。

「ああ、大丈夫さ」

酒が入ると、心が研ぎ澄まされるような気がする。むろん、飲みすぎはいけないが、湯飲み二杯の酒なら、思い切った勝負に出るにはちょうどいいのではないか。

そうさ、そうに決まっている。よし、今日は勝てるぞ。

豪之助は手のひらに唾《つば》したような気分で、壺振りの前にどかりと腰をおろした。目をつむり、集中する。

しかし、伊造の顔が浮かんできた。こめかみに青筋を立て、瞳《ひとみ》に怒りの炎を燃やしている。

親父、こんなときに出てくるんじゃねえよ。それに、たまにはいいじゃねえか。今晩くらい大目に見てくれよ。

豪之助は心で語りかけた。

わかったよ。だが、今晩限りだぞ。

驚いたことに、伊造がそう答えた。豪之助はつむった目を丸くした。

親父、ずいぶんと物わかりがよくなったじゃねえか。どうしたんだい、体の具合でも悪いんじゃねえのか。

伊造がぎろりと目玉を動かし、にらみつけてきた。

わしの頑健さはよくわかっているんじゃねえのか。

そうだったね。豪之助はうなずいた。

わかりゃあいいんだ。

伊造の顔が、霧に包まれたように静かに消えていった。

豪之助は目をあけた。なんだったんだい、今のは。

悪い夢でも見たような気分だ。

親父になにかあったんだろうか。いや、なにかあるんだろうか。

いや、つまらねえこと、考えるな。うつつになっちまう。

あんな頑丈な親父に、なにかあるなんて、考えられねえよ。あるはずがねえじゃねえか。

豪之助は自らにいいきかせた。

「どうかしましたかい」

横から、先ほどのやくざ者にきかれた。豪之助は首を動かして、顔を向けた。

「いや、なんでもないよ」

「それならいいんですけど」

やくざ者が正面に顎《あご》をしゃくる。

「さあ、はじまりますよ。豪之助さん、がんばってくださいね」

「もちろんさ」

豪之助は炎を噴くような目で、壺《つぼ》振りを見つめた。すでに伊造のことは頭から消

音を立てた。
指のあいだに二つのさいころをはさんだ壺振りの手がすばやく動き、壺が小さな
え失《う》せている。

三

和尚は怒っているだろうなあ。

夏兵衛は、巻真寺《まきしんじ》の住職参信《さんしん》の顔を思い浮かべた。

落ちくぼんだ目、高い鼻、分厚い唇、がっしりとした顎。

顔のどの部分にも年輪が刻まれ、参信がどれだけ厳しい修行をくぐり抜けてきたか、夏兵衛にもなんとなくわかる。

手習で教わったいい方をするなら、そこはかとなくわかる、というべきか。

このいい方で合っているのかな。あまり自信ねえな。手習はちゃんとやらなきゃ、いけねえってことだな。

当たり前だっ。

和尚が目玉を飛びださせるかのようにして、怒鳴ったのが、まるで眼前にいるか

のようにはっきり見えた。

夏兵衛は、頭をはたかれるのを避ける子供のように首を縮めた。

和尚、そんなに怒らなくたって、いいじゃねえか。手習をすっぽかすのは、なんといっても、はじめてなんだから。一度くらい、大目に見てくださいよ。

許さんっ。なにごとも一度目があるからこそ、次があるんだ。最初さえなければ、癖になることはない。

和尚が大喝する。

はいはい、もうわかりましたよ。

夏兵衛は頭を下げた。

はい、は一度だ。なんどもいっているだろうが。

わかってますって。はい。これでいいんでしょ。

いや、おまえはわかっておらん。なんといっても、おまえは馬鹿だからだ。

馬鹿って、和尚は失礼だなあ。

無礼はおまえだ。

俺のどこが無礼なんですかい。

手習を休んだことだ。

だから和尚、それはもう謝ったじゃないですか。

謝ればすむということではないぞっ。この馬鹿者っ。

もううるさいなあ。和尚、そんなに怒鳴らなくても、きこえてますって。

うるさいとはなにごとだっ。それに、おまえは怒鳴らんとわからんではないか。

そんなこと、ありませんて。……和尚、もう消えてください。

夏兵衛は、蠅を追い払うように手をひらひらと振った。

宙に吸いこまれるように、あっけに取られた顔の参信が見えなくなった。

夏兵衛はほっとしたが、午前の手習を怠けたことで、次に参信に会うとき、どんなことになってしまうのか、不安がある。

まさか殺されるようなことはないと思うけどな。

投げ飛ばされるくらいはあるかもしれねえな。

なにしろ参信は柔《やわら》の達人なのだ。夏兵衛はただ一人の門人で、かなりの腕前になったという自負があるのだが、参信には歯が立たない。いつも投げられてばかりいる。参信和尚をぶん投げる、とかたく誓っているが、果たしてその日はやってくるだろうか。

あの和尚、体はさして大きくないくせに、足に根っこが生えたみたいな力強さがあるんだよなあ。

あれだけの力がわいてくる泉は、体のどこにあるんだろう。やはり厳しい修行のたまものだろうか。

俺も和尚のような修行をやれば、ああいうふうになれるんだろうか。

それにしても、と夏兵衛は今さらながら思った。和尚はいったいどこであれだけの柔の技を身につけたのだろう。

寺だろうか。奈良の興福寺《こうふくじ》が僧兵で名があったように、柔で有名な寺でもあるのだろうか。

しかし、これまで二十五年ばかり生きてきたが、そんな寺のことなど、きいたことはない。

でも、ただ俺が知らないだけかもしれないしなあ。

手習所に通うにはまだはやい子供の一団が、歓声をあげつつ通りすぎてゆく。先頭を行く一人の手には、くるくるまわるものがある。

風車かあ。なつかしいなあ。

自分もああして遊んだものだ。友のを取りあげ、走りまわった。返せよ、馬鹿。よく追いかけられたなあ。

奉公先が次々に決まり、あるいはよそに越してゆく子もいて、やがてみんなとは疎遠になっていった。

今はほとんど会うこともないが、みんな、どうしているだろうか。

元気にしていてくれれば、十分だ。元気でありさえすれば、音信が絶えて久しいといっても、いつか必ず会える。そう、生きてさえいればいい。

俺も長生きしなきゃな。そうしないと、みんなを悲しませることになっちまうからな。

となると、やはり盗人《ぬすっと》なんて危うい生業《なりわい》からは足を洗わなければならねえってことか。

歩きながら、夏兵衛は腕組みをした。うーん、とうなり声をだす。

もし町方につかまれば、まちがいなく死罪だ。

切られた首は獄門台にさらされる。それを母が見る。

夏兵衛はたまらず顔をしかめた。最も考えたくない光景だ。

おっかさんはどんなに悲しむことだろう。もしかすると、世をはかなんで自ら死を選ぶかもしれない。

やはり足を洗うしか道はないんだろう。

だが、鍵《かぎ》をあける、天井裏に忍びこむ、金目の物を探しだすなど、盗人は俺の天職といっていい。天職というのは、天がその人に最も合っている職として選んでくれたものだろう。

となると、つかまることなどないのではないか。

思い上がりだろうか。かもしれない。

やはり、盗人などやめたほうがいいのか。だが、やめてしまうと、金が稼げなくなる。

いや、これまで盗人としてはたらいてきたのは、鴨下《かもした》に通うための金がほしかったからだが、もう鴨下に行く必要はないのではないか。

鴨下は下で酒を飲ませ、二階で女を抱かせる店だ。そこに気に入りのお由岐《ゆき》という女がいたからこそ、夏兵衛は足繁く通っていたのだ。

代は決して安くなく、その金をひねりだすために、盗みを重ねてきた。しかし、ある日、町を歩くお由岐を見つけ、あとをつけてみたら住みかがわかった。

住みかがわかったからといって、お由岐を抱くことができるわけもないが、どうやら住まいを知られたことをきっかけに、お由岐は鴨下での働きをやめることに心を決めたようなのだ。

お由岐には有之介《ゆうのすけ》という弟がいる。二人の姉弟《きょうだい》はどこかの在所から江戸に出てきたらしいのだが、仇持《かたきも》ちだ。

江戸に住まいを定めて仇を探しはじめたはいいが、すぐに先立つものがなくなり、やむなくお由岐は春をひさぎだしたようなのだ。

姉弟の仇の名が木下留左衛門《きのしたるざえもん》というのは、すでにわかっている。

姉夫婦の仇ということで、二人が留左衛門を追っているのは教えてもらったが、留左衛門がなにをしたのかは、まだきかされていない。

二人きりの姉弟が追いかけているのは姉夫婦の仇。二人に親はいるのだろうか。

留左衛門がお由岐たちの姉夫婦を殺した理由はなんなのか。

夏兵衛は昨夜、寝床でも考えてみた。だが、結局、考えがなにもまとまることなく、寝入ってしまった。目覚めたら、住みかにしている巻真寺の離れには、もう鮮やかな朝日が射しこんできており、目に痛かった。

よし、どうせ今は歩いているだけだから、もう一度、考えてみるか。

夏兵衛は下を向き、眼差《まなざ》しを道にぶつけた。前を行く人があげる土埃《つちぼこり》がもうもうとするなか、自分の足がずんずんと進んでゆく。

顔をあげた。今日も昨日に引き続いて、ずいぶんとあたたかだ。そのためか、町に出ている人たちの数も多いようだ。誰もがこの小春日和を楽しんでいる表情をし、体を伸びやかにしている。

年寄りも穏やかに笑って杖《つえ》をついているし、どっさりと荷を担いでいる行商の者もさほど重みを感じていないような顔つきだ。買物に出てきているらしい娘たちも薄着で、夏兵衛はうれしくてならない。

いや、そんなところに目をやっている場合じゃないだろう。

夏兵衛は自分を戒めた。今は、お由岐さんたちの仇のことを考えなきゃいけねえんじゃねえか。

夏兵衛は足を運びつつ、留左衛門がなにをしたのか、考えた。

お由岐と有之介の姉弟は武家だろう。お由岐という名は鴫下でつかっていた名で、本名は郁江《いくえ》だ。

義兄が同僚だった留左衛門に斬られ、それでお由岐たちは追ってきた。しかしそれだと、お由岐の姉——おそらく実姉だろうが、そちらまで殺された理由がわからない。

ここまでは昨夜も考えたことだが、その先がまったく読めず、夏兵衛は眠ってしまったのだ。

姉夫婦が殺され、お由岐たち姉弟が仇の留左衛門を追って江戸に出てきた。そんな単純なことじゃないような気がしてならない。

もっと込み入った事情があるのだろう。それはいったいどういうものなのか。

しばらく頭を抱えこむような気持ちで考えをめぐらせてみるが、さっぱりわからない。額のあたりが痛くなるまで考え続けてみたが、結局はなにも浮かんでこない。

ふと、町並みが明るくなってきたことに、夏兵衛は気づいた。

ここは。

あたりを見まわす。いつしか小石川富坂新町《こいしかわとみさかしんまち》に入っていた。

巻真寺は牛込改代町《うしごめかいたいまち》にあり、小石川富坂新町はさほど離れたところにあるわけではないが、今日に限ってはずいぶんと遠く感じた。

やっと着いたか。

あとはお由岐たちの長屋にまっすぐに向かうだけだ。手にしている紙包みにそっと目を落とす。喜んでくれるだろうか。

喜んでくれるに決まってるじゃねえか。こいつはなんといっても最高だからな。

——待てよ。

ここまで来て、夏兵衛はあたりに警戒の目を放ちはじめた。

つい最近、お由岐に会いに来て、いきなり消える剣を遣う侍に前をふさがれたことがあった。

あの侍は、失踪《しっそう》した道賢《どうけん》、舜瑞《しゅんずい》という二人の僧侶《そうりょ》の探索を参信にいわれて突きとめた二人の居場所に夏兵衛が乗りこんだとき、襲いかかってきた。

夏兵衛はその襲撃を、侍を投げ飛ばすことでかろうじてかわしたが、そのうらみを抱いたか、侍はこの町にやってきた夏兵衛の前に姿をあらわしたのだ。

ある寺の裏手の草原に連れていかれ、対決ということになったが、そのときも夏兵衛は勝ちを得た。

参信から叩《たた》きこまれた「陰結《かげむす》び」という技を用いたことが勝利に結びついた。陰結びというのは、地を転がりながらすばやく草を結んで相手の足を取らせる、という技で、かなり熟練を要するはずだが、あのときはどうしてかうまくいった。本番に強いということなのか。

あんなことがあって、またあの侍があらわれないか、と夏兵衛は気を張っているのだ。まず大丈夫だろうと踏んではいるが、もし目の前に姿を見せて再び勝負を挑まれたら、陰結びはもう通用しないだろう。

それに、あの侍は例の消える剣をつかってくるに決まっている。

もしあの剣を連続でつかわれたら、よけきる自信は正直ない。

となると、どうなるか。

人けのない寺の裏手で草に体をうずめ、地面をおびただしい血で濡《ぬ》らしているのは、夏兵衛のほうだろう。

冗談ではない。あんな得体の知れない侍に殺されてたまるか。

しかし、きっとまた襲ってくるだろう。しかも、今度は不意打ちかもしれない。

かわしきれるだろうか。

いや、弱気になるな。俺は二度もあの侍に勝ってるじゃねえか。今度もきっと大丈夫に決まっている。

だが、あの消える剣は……。

弱気が舞い戻ってくる。

ちくしょう。俺ってやつはどうしてこんなに弱っちいんだ。

そういうのを直すために、参信和尚に柔《やわら》を教わりはじめたのに、まだ全然駄目じゃねえか。

いつか、こんな弱気の虫が頭をもたげることがなくなる日がくるものなのか。今は参信和尚を信ずるしかない。あの和尚についてゆけば、きっと弱気に打ち勝てるときがやってくる。

足が、勝手に路地を右に入ってゆくのに気づく。

あれ、どうして。

考えたが、それも一瞬でしかなかった。この路地はお由岐の長屋に通じているのだ。

すぐに長屋の木戸が見えてきた。消える剣の侍のことは頭から失《う》せた。お由岐に会える、そのことだけが脳裏を占めている。

浮き立った気分で「佳兵衛店《かへえだな》」という看板が打ちつけられている木戸をくぐり、長屋の路地に足を踏み入れる。

路地に人けはない。井戸端でかしましく噂話をしている女房衆も見当たらない。昼餉《ひるげ》の支度にでも励んでいるのか。それとも、いち早く昼寝しているのか。

人の代わりというわけでもないが、路地には洗濯物が乾いた風にふんわりと揺れている。今日のこのあたたかな日和なら、乾きはいいだろう。洗い立ての着物を身につける亭主や子供は、その気持ちよさに、女房に感謝することまちがいなしだ。

佳兵衛店は、全部で十二の店《たな》が路地をはさんで向き合っている。

夏兵衛は息を殺すような思いで、右側の四つ目の店の前に立った。

待てよ。夏兵衛は腰高障子を叩く前に思った。果たしてお由岐はいるのだろうか。木下留左衛門を求めて、町に出ているのではないのか。

迂闊《うかつ》だった。そんなことも考えず、ここまで足を運んでしまうなんて、本当に熱に浮かされているとしか思えない。

障子戸の向こうの気配を嗅《か》ぐ。こういうことは、盗人ばたらきのたびにしているから、慣れたものだ。

人の気配はしている。有之介だろう。少なくとも留守ではない。

「どちらさまですか」

腰高障子を叩く前に、いわれた。有之介の声だ。

夏兵衛は名乗った。

「あけてもいいかい」

「どうぞ」

うれしさを抑えきれない様子の返事があり、夏兵衛の心は和んだ。

「邪魔するよ」

静かに腰高障子を横に滑らせた。

布団に横になっている男の子の姿が見えた。夏兵衛の来訪に、上体だけ起こしている。

夏兵衛は有之介をさりげなく見た。あまり見つめすぎると、この聡《さと》い男の子は凝視の意味を覚る。

顔色は悪くない。

土間に立った夏兵衛はにっと笑った。

「顔つやがずいぶんといいな。この分なら、じき本復《ほんぷく》じゃねえか」

「えっ、そうかなあ」

有之介が少しだけ笑みを見せた。

「そうさ」

夏兵衛としてはもっと元気づける言葉をいいたかったが、こんなものしか出てこなかった。

すばやく目を走らせる。土間のほかには四畳半があるだけの店だ。家財らしいものはほとんどない。

土間に立つ前からわかっていたが、お由岐はいない。

夏兵衛さん、といって有之介が笑いかけてきた。

「姉上は出ていますよ」

「どこに」

口にしてから、いわずもがなだったことに気づいた。

「きくまでもなかったね。木下留左衛門を探しに出たんだな」

「ええ、さようです」

有之介が手招く。

「夏兵衛さん、そんなところに突っ立っていないで、あがったらいかがですか。それとも、姉上がいないと、いやですか」

「とんでもない」

夏兵衛はあがりこみ、有之介のそばにあぐらをかいた。

「なんといっても、俺は有之介さんの見舞いに来たんだから。こいつは手土産だよ。食べてくれ」

紙包みを有之介の枕元に静かに置く。

「なんですか」

有之介の目が紙包みに向けられ、鼻がひくひくと動いた。大人びているといっても、このあたりはまだまだ幼さを残している。

「いいにおいがしますね」

「饅頭《まんじゅう》さ。出来立てだよ」

夏兵衛は有之介の顔を見た。

「食べるかい」

有之介がきっぱりと首を振る。

「いえ、けっこうです」

「どうしてだい。俺の手土産は受け取れないのかい」

「とんでもない」

有之介があわてたようにいった。

「それがしはただ、姉上と食べたいと思っただけです」

夏兵衛は白い歯を見せた。

「わかっていたよ。ちょっとからかっただけだ」

有之介がにらみつけてきた。もっとも、目は笑っている。

「夏兵衛さんも策士ですね」

「俺が策士だって。とんでもない。さっきだって、なんてめぐりの悪い頭だろうって自分のことを思っていたんだから」

「なにを考えて、頭のめぐりが悪いって思ったんですか」

正直にいったほうがいいか、と夏兵衛は考えた。木下留左衛門はなにをして、お由岐や有之介の仇《かたき》となったのか。

いうべきか。しかしお由岐がいない場で口にするのは卑怯《ひきょう》のような気がした。

「有之介さんたちに関わることで、いろいろと考えていたんだ」

「それがしたちに関わることですか」

「ああ。すぐに教えてもらえることだろうけど、今はきかないでおくよ」

「どうしてです」

「お姉さんが帰ってきてからのほうがいいと思えるからだ」

「そういうことですか」

有之介が思案顔をする。

「でも、当分、帰ってこないと思いますよ。最近、帰りがとても遅いんです。それに、ひじょうに疲れています」

「どうしてだい」

また鴨下に行きはじめたのではないか。しかし、夏兵衛が長屋にあらわれたことに加え、有之介にうすうすなにをしているか、気づかれたからこそ身を売るのをやめる気になったはずなのに、また同じことをするものだろうか。

「必死に木下留左衛門を追いかけているからでしょう」

「なにか手がかりでも見つかったのかな」

有之介が暗い顔になる。

「その逆でしょう」

「つまり、なにも手がかりがないからこそ、お姉さんはしゃかりきになって動きまわっているってことかい」

「はい」

有之介は力なくうなずいた。ゆっくりと顔をあげる。

「それに……」

そのまま言葉を途切れさせた。

「それに、なんだい」

夏兵衛は笑顔でうながした。

「気になることがあるんだね」

有之介はなにもいわない。

「有之介さん、なんでも力になるから、いってくれないか」

「いえ、駄目です」

有之介がきっぱりという。目が恐ろしいほど真剣だ。このあたりはさすがに武家といえるのだろう。

しかし夏兵衛にはどういうことなのか、見当がついている。お由岐が春をひさいでいたことを有之介は感づいてしまったのだろう。

だが、そのことをここで口にするのははばかられた。武家の体面というものがあるだろう。

「わかったよ、有之介さん。もうきかない。でもお姉さんがいっていったら、必ず教えてくれよ」

「ええ、もちろん」

有之介がちらりと紙包みに目をやる。

「有之介さん、食べないか」

「えっ、でも」

「お姉さんの帰りは、遅いんだろう。そうなると、かたくなって食べられなくなっちまうよ。またふかせばいいかもしれないけど、風味は落っちまう」

「でも、食べてしまったら、疲れて帰ってくる姉上がかわいそうです」

「お姉さんの分は、また今度、買ってくるよ。それでいいだろう、有之介さん」

しかし、有之介は答えない。

そのとき、入口の腰高障子が強い風に当たったかのように音を立てた。

夏兵衛と有之介は同時に目を向けた。

腰高障子が横に滑る。顔をのぞかせたのは、お由岐だった。

有之介と一緒にいる夏兵衛を見て、あっ、と声をあげる。

「やあ、あがらせてもらっているよ」

夏兵衛は明るくいった。

「よくいらしてくれました」

お由岐が深く腰を折る。

「いや、そんなにかしこまらなくても」

顔をあげたお由岐を、有之介が見つめる。

「今日ははやいね。どうかしたの」

「これよ」

お由岐が笑って答え、右手をかざしてみせる。右の頰にえくぼができ、くっきりとした二重まぶたの目が柔和に細められる。目尻《めじり》に上品さを覚えさせるしわがうっすらとでき、鼻にも小さなしわが寄る。

あまりのかわいさに、夏兵衛はただ見とれた。いや、実際には駆け寄り、抱き締めたいくらいだった。

お由岐の右手には、紙包みがある。

「それはなに」

有之介がきくが、中身はすでに見当がついている顔つきだ。

「お饅頭よ。有之介、あなた、大の好物でしょ」

「えっ、ええ」

有之介が困ったような声をだす。

「有之介、あなた、具合が悪いの」

「いえ、そんなことはありません」

お由岐が弟をじっと見る。

「本当のようね。顔色は、悪くないわ。夏兵衛さんが見えると、いつもよくなるわね」

「姉上、夏兵衛さんもお饅頭を持ってきてくれたんですよ」

「えっ、本当」

お由岐が驚き、夏兵衛に目を移す。

「ええ、実は」

お由岐がにっこりと笑った。夏兵衛はまたも見とれた。

「一度にたくさん食べられますね。なんて幸せなことかしら」

うれしそうにいう。その表情を見て、夏兵衛は気持ちが和らいだ。来てよかったと心から思った。

「夏兵衛さんはお饅頭《まんじゅう》、お好きかしら」

「ええ、あっしも有之介さんと同じですよ」

「そう、それはよかった」

お由岐がかまどの前に行く。

「今、お茶をいれますから」

「いえ、どうぞ、おかまいなく」

お由岐が振り返り、いそいそという。

「どうぞ、ご遠慮なく。私も飲みたいんですよ」

やがて湯がわき、盆に三つの湯飲みをのせてお由岐が夏兵衛たちのそばに来た。

匂い袋でも忍ばせているのか、とてもいい香りがする。夏兵衛はそのにおいに惹《ひ》かれて、顔を寄せそうになった。

「お待たせしました」

お由岐が手際よく三つの湯飲みを茶托《ちゃたく》の上に置いてゆく。

「どうぞ」

「じゃあ、ありがたく」

夏兵衛は湯飲みに手を伸ばした。お由岐が自分の買ってきた饅頭の包みを解《ほど》く。

「こちらもあけよう」

茶をすすった夏兵衛は、有之介の枕元にある包みをひらいた。甘みを感じさせるにおいがぷんと立ちのぼる。

お由岐が買ってきたのも、夏兵衛が持ってきたのも、店はちがうが、饅頭は八つずつだった。

「おお、たくさんですね」

有之介が目を輝かせる。

「有之介さん、食べよう」

夏兵衛はさっそく一つを手に取り、がぶりとやった。こうすることで、有之介の遠慮も取れるはずだ。

「いただきます」

有之介が饅頭をほおばる。

「有之介、あなた、そんなにあわてて食べなくても、なくなりませんよ」

「わかってはいるんですけど」

「それだけ食べられるってのは、とてもいいことだよ。病がきっとよくなってきているんだろう。有之介さん、たくさん召しあがりな」

「はい、ありがとうございます」

小さめということもあり、十六個の饅頭はすべて、夏兵衛たちの胃の腑《ふ》にすんなりとおさまった。

「ああ、うまかった」

「はい、とてもおいしかった」

布団の上で、満足そうに有之介が腹をさする。

「これ、有之介、はしたない」

お由岐にたしなめられ、有之介がすばやく威儀を正す。そのあたりには、武家というものが感じられた。庶民の出である夏兵衛には、真似できない。

「それにしても姉上」

有之介がにこにこと笑いながら、お由岐に呼びかける。

「どうして今日は、こんなにはやく戻ってこられたのですか」

お由岐の顔をこんな刻限に見られたことがうれしくてたまらないといった表情で、きいた。

ああ、そのこと、とお由岐も笑顔を弾《はじ》けさせた。

「おいしそうなお饅頭を見かけて、有之介の顔がすっと浮かんできたのよ。そのときにはもうお財布をだしていたわ」

「そうだったのか」

有之介の顔に憂いの色があらわれる。

「どうしたの」

お由岐が不思議そうに問いかけた。

「いえ……」

夏兵衛を気にしてうつむいた有之介を見て、お由岐が察したようだ。

「じゃあ、俺はもう失礼するよ」

夏兵衛はすっくと立ちあがった。乱れた裾《すそ》を直す。

「夏兵衛さん、もう帰ってしまうんですか。もう少し……」

有之介が懇願するようにいう。

「いや、今日はこの辺でお暇《いとま》する。すぐにまた来るよ」

土間に降りて夏兵衛は、うしろについてきているお由岐に目を当てた。

「じゃあ、また」

「はい、ありがとうございました」

お由岐がそっとささやきかけてくる。

「是非またおいでください。こんなに喜ぶ有之介の顔、最近では滅多に見られないものですから」

郁江さんはどうなんだい、と夏兵衛はききたかった。しかし、いえなかった。有之介が喜んでくれるのなら、それだけでこの長屋に足を運ぶ大きな理由となる。

「うん、わかったよ。また来る」

「よろしくお願いします」

お由岐が深々と腰を折る。

「じゃあ」

夏兵衛は腰高障子をあけ、身を滑らせるように路地に足を踏みだした。遅れてお由岐も出てきた。

夏兵衛はなにか声をかけようとしたが、なぜか喉《のど》がひからびたようになっていた。

そのままあとも見ずに歩きだした。

木戸をくぐるとき、ちらりと振り返った。まだその場にお由岐はいて、夏兵衛をじっと見ていた。

その姿にはかなさを感じ、駆け戻って抱きしめたい衝動に駆られた。しかし足を踏ん張り、ぐっとこらえる。

会釈して、夏兵衛は木戸の下を抜けた。頭をていねいに下げたお由岐の姿が、視野の端に入った。

ゆっくりと歩いて大通りに出る。

どうすべきか。

夏兵衛は考えた。二人の姉弟《きょうだい》は明らかに金に困っている。江戸の諸式は二人が住んでいた町とはくらべものにならないだろう。

なんとかして助けてあげたい。

しかしどうすればいい。俺もさして貯《たくわ》えはない。

となると、選ぶ道は一つか。

やるしかないのだろうか。

夏兵衛は迷った。母の悲しげな顔が浮かんでくる。

四

男が殺されていた根津門前町をくまなく探し、さらに足を伸ばして宮永町《みやながちょう》や善光寺前町《じまえまち》、谷中八軒町《やなかはちけんちょう》、新茶屋町《しんちゃやまち》、三崎町《さんさきまち》なども当たってみた。

しかし、男の身元はわからない。

これは、どういうことなのか。男は根津近辺の住人ではないのか。

ちがうとして、どういうことになるのか、伊造は考えてみた。

根津権現に参拝に来た者の一人にすぎないのか。

そういうことになると、身許《みもと》を探り当てるのはかなりむずかしい仕事になる。

伊造は懐に手を入れ、一枚の紙をつかみだした。静かに広げる。

人相書だ。殺された男の顔がていねいに描かれている。

これは町奉行所の達者が医者による検死のあとに描いたもので、まるで生きているよう、とまではいえないものの、特徴をかなりつかんでいる。

顎《あご》や口のまわりにひげが生えており、顔は色黒、眉《まゆ》が太く、両唇も厚い。鼻は潰《つぶ》れたようになっており、顎は細い。右の頬に切り傷の跡がある。この傷は相当古いものであろうということだ。

右肩にこぶらしいものはなく、おそらく駕籠《かご》かきではないということだ。両手の平はひじょうに厚く、指が太い。手のひらにいくつものたこができていたということだ。

どういう職なら、そういうふうになるものなのか。

力仕事であるのはまちがいない。船から荷下ろしをする人足なら、そういうふうになるだろうか。

これまでもそういう者を目当てに主に探してきたが、やはり人足だけに的をしぼるべきか。

そうしてみるか。

同心の米一郎によると、殺された男の懐には、財布が残されていたとのことだ。

やはり金目当てではない。

この人相書の男は、理由があって殺されたのだ。

それを探り当てることができれば、事件が解決に向かって大きく近づくことになるだろう。

それにしても、人手がほしい。

あの馬鹿はどこにいやがるのか。

昨日、結局、家には帰ってこなかった。今日はどうだろうか。

このまま勘当してしまいたいくらいだ。だが、そうすると、おりんが悲しむだろう。

どうしてかおりんは幼い時分から豪之助をかばってばかりいた。豪之助がいたずらしても、自分が悪いからというようなことがやたらに多かった。

なぜそれほど兄を守ろうとするのか、伊造は不思議でならず、おりんにきいたことがある。

おりんの答えは、だって私のたった一人のお兄ちゃんだから、というものだった。

その答えをきいて、伊造はわかったようなわからないような気分になった。

わかったのは、おりんが母親のような気持ちで豪之助に接しているのだろうということだ。

母親をはやくに亡くし、おりんが伊造の家ではただ一人の女手だった。

だから、おりんがしっかりするのは当たり前なのかもしれない。対して、父親のわしはどうだったのか。

豪之助の手本には、なれなかったということか。

そういうことだろう。いや、あるいはなっているのかもしれない。なにしろ豪之助のしていることは、わしの若い頃にそっくりだからだ。岡っ引という仕事に入ったのはさんざん悪さをしたあと、滝口米一郎の父親に資質を認められ、手札を預けられたからだが、岡っ引になる前の数年、どれだけ女房を泣かせたか、豪之助はしっかりと見てきているのだ。

わしが豪之助を勘当できないのは、そういうことができるだけの資格がないのを、自覚しているからだ。

そのことを豪之助も熟知していて、それゆえになめた口をきいたり、見くびった態度を取ったりするのだろう。

いや、せがれのことは今はいい。考えるべきはこの男のことだ。

伊造は再び人相書に目を落とした。目はぎょろりとしている。昨夜、死骸《しがい》を見たとき、横顔だったが、目はあいていた。人相書の達者は正面から死骸と向き合い、描いたのだろう。

伊造は、根津門前町から南のほうに足を運びはじめた。殺された男が根津あたりの者でないなら、もっと繁華なところから来たのではないか。

下谷《したや》広小路《ひろこうじ》や上野《うえの》など、盛っている町を調べはじめた。

船着場で荷を背負っている者たち、馬に荷物を載せている者、大八車を押している者たち、道や橋の普請をしている者たち、大工、石工、ちがうのではないかと思いつつも駕籠かきにも当たってみた。

しかし、いずれも人相書の男を知らなかった。

もっと人足たちを調べてみるか。いや、調べなきゃいけねえ。

だが、伊造の足はすでに重くなっている。まるで棒でも突っこまれたかのように、臑《すね》近くの肉がかたく張ってしまっている。痛みはさしてないが、膝《ひざ》が曲げにくく、歩きづらくて仕方ない。

それに、ふくらはぎの古傷がしくしくと痛みだしている。昨日、おとといとあたたかだったから、感じなかったが、今日は一転、冷たい風が吹いている。空の高いところではもっと強いようで、真冬のようにごうごうとうなっている。

それにしても、と伊造は思った。まったくだらしねえな。

若い頃にはこんなことはなかった。

だが、もう若くない。それは認めなければならない。

足が重くなっているせいで、ききこみをこれ以上、繰り返すのが億劫《おっくう》になってしまっている。似たような口のきき方しかしない人足相手に話をするのが、かったるく思えている。

ちがう方向に進みたくてならない。

これはわがままなのか。単に、疲れきっているから同じことをするのがいやなだけなのか。

そうじゃねえ。

伊造は心で首を振った。

こいつは、わしの直感がそう伝えてきているんだ。今のやり方じゃあ、なんの進みも広がりもねえのを、長年培ってきた勘が教えているんだ。

そうにちげえねえ。よし、この勘にしたがうぞ。

それはいいとして、と伊造は思った。さて、どこを当たればいい。

ひげ面にがっしりとした体格。人足やこれまで当たってきた者以外で、そういう者が果たしているか。

わからねえ。

伊造は唇を噛《か》んだ。歳なのか、頭の働きがひじょうに鈍くなっているような気がする。若いときなら、すぐさま答えが出ていたのではないか。

豪之助がいたらどうなのか。あいつはまだ若い。頭もきっと柔らかいだろう。わしのようにかちかちになってはいまい。

伊造は愕然《がくぜん》とした。わしは今、豪之助をあてにしようとしたのか。

冗談じゃねえ。あんな馬鹿を頼りにするくらいなら、このかちかち頭をかち割ってでもこじあけて答えを導きだしてやる。

よし、考えろ、伊造。もっと知恵をめぐらせるんだ。

そうすれば、きっと光が見えてくる。どうすればいいかわかるはずだ。

これまでだって、ずっとそうしてきたんだ。今、できないはずがねえ。これからだって同じことだ。

どこか座れるところはないか。これ以上、あてもなく歩きまわりたくない。

今、伊造は神田川《かんだがわ》のほとりまでやってきていた。

さすがに神田だけに、まるで祭りのようにおびただしい人が行きかっている。この寒いのに若い娘がやたら目につくし、そういう娘を引っかけようとでもいうのか、職がないらしい若い男たちも、そこかしこにたむろしている。

子供も多い。凧に負けず元気よく走りまわっている。杖《つえ》をついて歩く年寄りも目に入るが、杖を頼りにせず背筋をまっすぐ伸ばして歩いている者も多い。

小間物などをはじめとしたさまざまな行商人や、米俵を富士山のような形に積みあげた大八車、荷駄を積んだ馬などが大声をあげて通行している。

さすがに、江戸の中心といっていい町だ。

小さな稲荷《いなり》の入口近くにある茶店を見つけた。さすがにほっとして、赤い毛氈《もうせん》が敷いてある縁台に尻《しり》を預けた。

はあ、生き返るなあ。

大きく息をついた。このままひっくり返って、横になりたい気分だ。

いらっしゃいませと寄ってきた看板娘らしい女に茶とみたらし団子を注文した。

ありがとうございます、とはきはきいって、女が離れてゆく。

茶とみたらし団子は、すぐにもたらされた。みたらし団子は皿の上に三本、たっぷりとたれがかかってのっていた。

伊造はさっそく手にした。串《くし》には四つの団子がついている。

かぶりつく。

うまい。こいつはうれしいなあ。

団子に、甘いたれがついているのだ。砂糖が高価なこともあって、江戸の団子は醬油《しょうゆ》だけの味付けのところがやたらに多いが、この茶店のたれは砂糖と醬油でちゃんとつくってある。

こいつはいい店に当たったものだなあ。

探索にもいいことがあるではないか、と伊造は気持ちが弾んできた。それだけで歩きすぎによる膕の張りも消え、ふくらはぎの古傷の痛みも感じなくなっている。

伊造は縁台で一人、苦笑した。

まったく単純にできてやがる。

小ぶりの湯飲みを取りあげ、熱い茶をすすった。濃くいれてあり、少し重たい感じはしたが、甘い団子にはむしろぴったりのようで、茶が喉《のど》をくぐり抜けたあと、口中がすっきりした。

伊造は、たちまち三本の団子を食べ終えた。

ああ、うまかった。

小腹が満たされ、すっかり満足だ。

伊造は再び湯飲みを手にした。あたたかみを手のひらに感じつつ、目の前の通りに目を向ける。

多くの者が行きかう光景に、まったく変わりはない。むしろ人出は増えているのではないか。

江戸の者ばかりではなく、勤番らしい侍の姿も目につく。貧しい身なりをした者たちがほとんどで、吉原《よしわら》あたりでは馬鹿にされているという話もきく。

　ほかに目立つのは、地方から江戸見物に出てきたらしい者たちだ。江戸生まれで江戸育ちの伊造には、こんなにでかいばかりの町のどこがいいのかと思うのだが、よそで生まれた者にとっては、やはり憧《あこが》れの地であるのだろう。

　日本橋《にほんばし》の茅場町《かやばちよう》には、地方の訴訟などで出てきている者たちの公事宿《くじやど》が多いが、江戸見物のためにやってきた者たちを泊める旅籠《はたご》も軒を連ねている。

　この日の本の国で、最も旅籠が多い町は江戸であるときいたことがある。これだけ江戸見物にやってくる者が多いとなれば、さもありなんと思える。

　——むっ。

　伊造は、一筋の光が射したような気がした。

　あの男は江戸の者ではないのかもしれねえ。

　人足を生業《なりわい》にしている者でも、金さえ貯まれば江戸見物に出てきても決して不思議はない。

　江戸見物ではなく、江戸に職を求めにやってきたのか。

　職を探しに来たとして、あてにしていた者はいたのか。

　いたとしたら、どうなのか。あてにしていた者が結局あてにならず、そのために争いになり、殺されたのか。

いや、考えられねえ。なんといっても、男に与えられていたのは、すさまじいまでの刀傷だ。

どういう傷だったか、検死医師の昆按が描いた絵を、米一郎から見せてもらっている。

頭で考えていた以上の傷だった。左の肩先から入った刀は、男の胴体を斜めに切り裂き、右の腰骨のそばで抜けていた。あれだけの傷だ、刃の当たったあばら骨はものの見事に断ち斬られただろう。

だが、骨に当たっていれば、どんな名刀でも、傷がついたり、刃こぼれが少しはできたりするのではないか。

研ぎにだしてはいないだろうか。そちらも当たるべきか。だが、一人ではどうしても限界がある。

また豪之助の顔がちらりと脳裏をよぎっていった。

伊造は頭を激しく振り、とにかくだ、と思った。なまなかな理由だったら、あれだけの傷をつけられるものじゃねえ。

あるとするなら、深いうらみか。それともなんらかの口封じか。

口封じ。そうかもしれない。傷は明らかに素人によるものではない。殺しに慣れた者の仕業ではないか。

殺しをもっぱらにする者に凄腕《すごうで》の侍がいてもなんら不思議はなく、そういう者の仕事なのかもしれない。

殺し屋。そういう者に人相書の男は始末されたのか。

となると、男は堅気ではないということなのか。

人相だけ見れば、確かに堅気には見えにくい。

飛躍しすぎだろうか。

いや、ここはいつものように自分の勘を頼りに考え続けたほうがいい。おのれを信じろというところだ。手がかりは自分で見つけるしかない。

もし江戸にやってきた者だとして、どこを当たればいいか。

旅籠だろうか。

それしかあるまい。

ほかに、当たるべき場所は思い浮かばなかった。

よし、行くか。

腰をあげた伊造は看板娘に代を払い、とてもうまかったよ、ありがとさん、といって茶店をあとにした。またおいでください、との声を背に、ゆっくりと歩きはじめる。すぐに足をはやめる気にはならない。そんなことをすれば、また足が痛みはじめるだろう。

さて、どこに行くか。

考えるまでもない。旅籠を当たるとなれば、やはり茅場町界隈《かいわい》だろう。

この町に、旅籠が何軒あるのか知らない。

江戸に押し寄せてくる、おびただしい旅人をおさめきるだけの力を持っていることはわかっている。

伊造は、軒を連ねる旅籠の暖簾《のれん》を次々とくぐっては、宿の奉公人たちに人相書を見せていった。

またはじまりやがった。

伊造は舌打ちした。

古傷が、うずくように痛みだしたのだ。

ちくしょう。もう少しじっとしていやがれ。

これまで何軒の旅籠を当たったものか。三十軒ではきかないのではないか。

伊造は立ちどまり、眼前の旅籠の軒先の柱をつかんだ。

歩くのをやめると、少しは楽だ。またどこかで体を休めたい。喉も渇《かわ》いている。

だが、近くに茶店らしいものは見当たらない。

歩け。伊造は自らに命じた。ずっとこうして休んでいるわけにはいかない。

よし、行くぞ。動くんだ。

無理におのれにいいきかせて、伊造は柱から手を放した。

くそう、もういったい何軒の旅籠を訪ねたものか。

それなのに手がかりは見つからない。勘がまちがっていたか。

勘も、歳とともに鈍ってきたのか。

信じたくはないが、そういうことなのかもしれない。

だからといって、伊造に半端に終わらせる気持ちなど、露ほどもなかった。ひたすら旅籠を当たり続けた。

五十軒目くらいになるのか、ついに当たりを引いた。人相書の男を知っている者にぶつかったのだ。そこは、日本橋の久松町《ひさまつちょう》にあり、門田屋《かどたや》という旅籠だった。

——わしの勘に衰えはなかった。

男を知る者を見つけだせたこと以上に、そのことが伊造はうれしくてならなかった。人がそばにいなかったら、痛みも忘れて年甲斐《としがい》もなく跳びはねていたかもしれない。

「まちがいありませんかい」

だいぶ傾いてきたとはいってもまだ十分に明るい太陽の射す道に、伊造は白髪まじりの奉公人に出てもらって確かめた。

「ええ、まちがいございませんよ」

奉公人が自信たっぷりに答える。表情は確信に満ちている。

「このお方は、淀吉《よどきち》さんでいらっしゃいます」

そうか、この男は淀吉というのか、と伊造は人相書に目を落として感慨深く思った。

やっと見つけたぜ。

「あのう……」

ここで、はじめて奉公人が不審そうな顔つきになった。

「どうして淀吉さんの人相書を、持ち歩いているんですか」

伊造はまだ自らの身分を告げていなかったのを思いだした。懐から十手を取りだし、御用の筋の者であるのを伝えた。

「これはご苦労さまにございます」

奉公人が畏れ入ったように頭を下げる。

「あんたは」

伊造は目の前の男を見つめた。奉公人が身をかたくする。

「手前は、門田屋の番頭にございます。丈太郎《じょうたろう》と申します。どうぞ、お見知り置きを」

「番頭さん、実は淀吉さんは殺されたんだ」

「えっ」

丈太郎が口を呆然《ぼうぜん》とあける。目はうつろだ。

「ど、どうして……」

「そいつをわしは調べているんだ」

「さようですね。……淀吉さんはいつ殺されたんですか」

伊造はそれには答えなかった。

「淀吉さんは、門田屋さんの泊まり客なんだね」

「はい、さようです」

「いつからこちらに」

「はい、三日前から逗留《とうりゅう》されていました」

「昨夜はいなかったね」

「はい」

「泊まり客が戻ってこない。おかしいとは思わなかったのかい」

「はい、申しわけないことにございます」

殊勝な顔をして丈太郎が腰を折ってみせた。

「ですが、淀吉さんは宿をあけることはいつものことにすぎなかったのでございます。ですので、手前どもは一向に気にしておりませんでした」

そういうことかい、と伊造は思った。

「淀吉さんは、よくこの宿に来ていたのか。定宿ということだね」

「はい」

「淀吉さんはどこの者だい」

「はい、小田原《おだわら》に住んでいるとうかがっております、いえ、おりました」

「生業《なりわい》は」

「はい、木こりだと」

「木こり……」

淀吉の手のひらに分厚いまめがあるとの記述を、伊造は思いだした。

ふむ、木こりだったのかい。

伊造は納得した。

「小田原というと、箱根《はこね》が近いね。淀吉さんは箱根で木を伐《き》っていたのかい」

「はい、そうきいております。箱根の寄木細工用の木を伐っているとおっしゃっていました」

「へえ、寄木細工用のねえ」

いろいろな種類の木の色を生かして組み合わせ、さまざまな模様をつくってゆくという技法で、小さいものは茶托《ちゃたく》や筆入れ、大きいものは箪笥《たんす》まで、用途はかなり広い。

伊造は、丈太郎にあらためて視線を当てた。

「木こりというのは、そんなに儲《もう》かるものなのかい」

「とおっしゃいますと」

「淀吉さんは、こちらを定宿にしていたということは、江戸へは何度も足を運んでいるんだろう」

「ああ、そういうことにございましたか」

丈太郎が合点《がてん》したという表情になる。

「ええ、手前も失礼ながら、お話をうかがったことがございます」

丈太郎が一つ間を置く。

急《せ》かしたかったが、伊造は黙って待った。こういうときは相手に気分よくしゃべらせたほうが、いい結果がついてくる。

「そんなに儲からない、とおっしゃっていました」

「しかし、江戸にはよく出てきていたんだよな」

「ええ」

「実は儲かっていたんじゃないのか」

淀吉は堅気ではないのではないか、という思いから伊造はいった。その儲けの諍《いさか》いから、淀吉は殺されたのではないか、という疑いは打ち消せない。

「さあ、手前にはなんとも申しあげかねます」

「そうだろうね」

伊造は相づちを打った。

「おまえさん、淀吉さんとは親しかったようだね」

「とんでもない」

関わり合いを恐れるように、丈太郎が大きく手を振った。

「そんなに親しいというほどではございませんでした」

「そうかい」

伊造は素っ気なくいった。

「淀吉さんは、この宿にやってきてはよく出かけていたようだが、どこに行くのか、きいたことがあるんじゃないのか」

「はい、きいたことはございます」

「どこだと」

「はい、飲み屋が主だとおっしゃっていました」

「主か……」

伊造はにやりと笑った。

「おもしろいい方をするじゃねえか。つまり悪所ってことだな」

「はい、そういうことだと」

女郎宿や賭場《とば》にも行っていたにちがいない。やはり小田原あたりとは、だいぶ雰囲気がちがうだろう。

となると、やはり淀吉は金をたんまり持っていたのだ。悪所に行くのに、金を持っていないというのは考えにくい。そんなのでは、息抜きにならない。

息抜きかい。

伊造はなにか引っかかるものを覚えた。つまり、淀吉という男は金にはなるが、かなりの緊張を強いられる仕事をしていたということにならないか。

その仕事が終わるたびに、江戸に出てきて悪所で羽を伸ばしていた。

そういうことなのか。

「淀吉さんは三日前に投宿したといったが、そのときの様子はどうだった。なにかおかしいところはなかったかい」

丈太郎が眉根《まゆね》を寄せて考えこむ。

「なにもなかったように思います。いつもの明るい淀吉さんでした」

「淀吉さんというのは、明るい性格だったのか」

「ええ、雨に降りこめられて外に出られないときは、こちらでもよくお酒を召しあがっていましたけれど、はしゃぐといいますか、とにかく楽しいお酒でした」

「昨日はいつ出かけた」

「いつもと同じでした。その前の晩、お酒をたらふく召しあがって帰ってこられまして、昨日は昼前まで寝ていらっしゃいました。目を覚まされて、お茶漬を召しあがり、それから」

「どこに行くといっていたか」

「いえ、おっしゃっていませんでした」

「人に会うとかは」

「いえ、それも」

そうかい、と伊造はいった。下を向き、考える。道ばたを蟻の列が横切っているのが見えた。寒さが日ごとに増してきているときに、まだ働いている。

蟻も、生きるのにたいへんなんだな。いや、わしと一緒で、働くのがただ好きなのかもしれねえ。

伊造はゆっくりと顔をあげ、旅籠《はたご》の番頭に目を向けた。

「淀吉さんに会いに来た者は」

「あっ、はい、それでしたらお一人、いらっしゃいます」

伊造は目を光らせた。ぎくりとして丈太郎が身を引く。

「誰だい」

「いえ、名は存じません」

「男かい」

「あ、はい」

「若いのか、それとも年寄りか」

「淀吉さんと同じような歳だと思います」

「淀吉さんは、いくつだい」

「はい、宿帳には四十七歳と記してございます」

偽りの歳かもしれないが、そのあたりはどうでもいい。もともと、ちゃんとした歳がわかっている者のほうが珍しいのだ。

「その男だが、淀吉さんをよく訪ねてきていたのか」

「はい、淀吉さんが江戸に出てくるたびに会いに」

伊造は、淀吉の人相書を示した。

「その男について、こういう人相書を描くのに、力添えはできるかい」

「はい、できると思います。宿で働く者として、人の顔を覚えるのは得意としておりますから」

「淀吉さんを訪ねてきたその男だが、堅気のように見えたか」

うーんと丈太郎がうなり声をだす。

「いえ、失礼ながら、そういうふうには見えませんでした」

「淀吉さんは、その男と親しく話をしていたんだな」

「はい、さようで。淀吉さんの部屋で襖《ふすま》や障子を閉め切って、ひそひそとなにやらお話しになっていました」

ひそひそかい。

堅気でない者同士が、二人きりで秘密めいた話をする。

仕事の話ではないのか。

淀吉がしばしば江戸に来ていたのは息抜きのためではなく、もしや打ち合わせのためではなかったのか。

その男が金のことから諍《いさか》いになり、淀吉を殺したのか。

いや、まだそこまで先走る必要はない。まずはその男を探さなければならない。

悪所に行けば、会えるだろうか。

いや、そうではなかろう。悪所で会えるのなら、門田屋で話をする必要はないはずだ。

「ほかに、淀吉さんを訪ねてきた者はいなかったかい」

伊造は丈太郎にさらに問うた。

「いえ、おりませんでした」

「そうかい」

伊造は頭をめぐらせ、すばやく次の問いを発した。

「おとといの夜、淀吉さんはしこたま酒を飲んで帰ってきたといったな。どこで飲んでいたかわかるか」

「いえ、わかりかねます。申しわけないことに存じます」

「謝る必要はねえ。淀吉さんはおとといの晩、何刻《なんどき》に帰ってきた」

「さようですねえ、四つ（午後十時）前という頃合でしたでしょうか」

「駕籠《かご》に乗って帰ってきたということはねえのか。門田屋さんにも、馴染《なじ》みの駕籠屋はあるだろう」

「はい、ございますが、あの晩は駕籠ではなかったと思います。おとといの晩、手前は起きておりましたが、そういう物音はなにもきこえませんでしたから」

「そうかい」

伊造は不機嫌さを隠さずにいった。さすがに疲れが出てきている。

待てよ、と思った。

「淀吉さんをよく訪ねてきていた男だが、最後に顔を見せたのはいつだ」

「はい、二ヵ月ほど前のことと覚えております」

「では、こたびの淀吉さんの逗留《とうりゅう》中にはまだあらわれていねえということだな」

「さようにございます」

そういうことかい、と伊造は腹のなかで大きくうなずいた。それならそれで打つ手はあるというものだ。

「長いことすまなかったな」

伊造は丈太郎をねぎらった。

「お役に立てましたか」

「十分だ」

伊造は笑いかけた。

「また役に立ってもらうかもしれねえが、そのときはよろしく頼む」

「はあ」

伊造はすばやくきびすを返した。

それにしても、せがれの野郎はどこにいるのか。本当に岡っ引になる気があるのだろうか。あるのなら、この事件でもきっとくっついてきているはずだ。

あいつはやっぱりやる気がないのだ。跡を継ぎたいといっているが、口先だけの男というわけだ。

あの野郎。

伊造にとって、せがれの豪之助は腹立たしいばかりの存在だ。

今、なにをしているのか。

まさか夏兵衛のやつと一緒に遊びまわっているのではなかろうな。

十分に考えられる。あの二人は妙に馬が合っている。今も、つるんでいても決して不思議はない。

豪之助。夕暮れの気配がだいぶ濃いものになってきた空に浮かぶ雲に顔を描き、呼びかけた。

次は、きっと駆りだしてやる。覚悟しておけ。

そばを歩いていた者がびくりとして伊造を見た。我知らず、声を出していたようだ。目を前に向け、伊造は痛む足を引きずるようにして歩き続けた。

五

「ねえ。本当に大丈夫なの」

お里《さと》が、こわごわと部屋を見まわしている。

「大丈夫に決まってるじゃねえか」

右手でお里の肩を抱き、左手で自分の胸を太鼓のように打って、豪之助は力強く請け合った。

「昨夜、俺がどれだけ儲《もう》けたか、お里、いってきかせただろう」

「ええ、二十両ばかりってきいたわ。もう何度も」

へっへっへ、と豪之助は笑った。

「どうだ、俺もやるだろう」

「ええ、すごいわ」

お里が表情を引き締め、じっと見据えるようにした。

「なんだ、その目は」

「疑いの眼差《まなざ》しというやつよ」

「なにを疑っている」

「豪之助さんが、本当に二十両も儲けたかってこと」

「儲けたよ。今お里も、すごいっていったばかりじゃねえか」

「見せて」

お里が手のひらを差しだす。

「いいけど、ここにあるのは十五両ちょっとだぜ」

「どうしてそんなに減ってしまったの」

「わかってねえなあ」

豪之助は説明をはじめた。

「賭場《とば》ってのは、大儲けしたといっても、祝儀も置かずに勝ち逃げできるってわけじゃあねえんだ。最低でも一割は置いてこなきゃいけねえ」

「一割も置いてきたの」

「置いてきたさ」

「それじゃあ、手持ちは十八両になったってわけね」

「そうだ」

豪之助は話を続けた。

「勝った余韻そのままに鴨下になだれこみ、おめえを抱いたって寸法よ」

お里は鴨下という店で、春をひさいでいる。肌が雪をまとったかのように白く、それが豪之助は特に気に入っている。鴨下は一階が煮売り酒屋で、肌を売り物にしている女たちが控えているのは二階だ。女の数はさほど多くないので、客たちは順番がまわってくるまで、下で飲んでいる。

「それはわかっているけど、あたしを抱いたからっていって、三両もかからないでしょ。どこで三両もつかったの」

「鴨下さ」

豪之助はさらりといった。お里が不思議そうにする。

「どういうこと」

すぐに覚った顔になった。

「ほかのお客さんの分も、もったのね」

「そうさ」

豪之助は得意満面だ。

「いいことがあったとき、みんなで分かち合わなきゃいけねえ。そうすれば、つきは長続きする」

「へえ、そうなの」

「そういうものさ」

「豪之助さんの思いこみじゃないの」

「かもしれねえが、悪いことばかりじゃなくて、いいことをしているのも神さまは見ていてくれるだろうからな。きっと次も勝たせてくれるにちげえねえ」

「そううまくいくものかしら。二十両も勝てたなんて、これまでにもあったの」

豪之助はかぶりを振った。

「でしょう。豪之助さん、二度とないわよ。だから、そのお金、大事につかいなさいよ」

「貯めておけとでも」

「そうよ。この世の中、なにがあるかわからないでしょ。そういうとき、頼りになるのはなんといってもお金よ」

あらためてお里が部屋を見まわす。

「でも、やっぱりすごいわねえ。ため息が出そう。田万河《たまがわ》っていったら、知る人ぞ知る高級料亭ですものね。お客さんは豪商と呼ばれる人たちやお侍ばかりなんでしょう」

「そうらしいな」

「あたしたちが、よく入れてもらえたわね」

「まかしておきなって。こういうところだって、先立つものをうまいことつかえば、ころりってもんよ」

「へえ、そうなの」

しかし、といって豪之助もきょろきょろと瞳《ひとみ》を動かした。

「やっぱりすげえな、この部屋は」

今、豪之助たちがいる座敷は十畳間だが、畳は匂い立ってきそうなほど青々とし、天井は杉の大板がつかわれ、立派な床の間がついている。

床の間には、達筆すぎてなんと書いてあるかわからない、掛物が下がっている。

「きっと名のある人の書なんだろうなあ」

「わからないわよ。意外に、田万河をはじめた人の書、なんてこともあるかもしれないわよ」

「ああ、そいつはあるかもしれねえな。だから、あんなふうにわかりづらく書いてあるのかもな。案外、商売の教え、鉄則みたいなものじゃねえのか」

「なるほどね」

お里が再び床の間に目を向ける。

「そこの床柱もすごいわね。太いわ」

「おめえは相変わらず、ぶっといのが好きだな」

「いやね、馬鹿」

「その床柱は多分、欅《けやき》だな。本漆が仕上げに塗られている。一本いくらくらいするものかな」

「高いんでしょうねえ」

「ああ、二十両はくだらねえんじゃねえのかな」

「ええ、そんなに」

「うん」

お里がため息をつく。

「あるところにはやっぱりあるのねえ。柱一本に二十両だなんて」

「まったくだ」

「豪之助さん、あなたはお金がないほうの人なんだから、やっぱり貯めなきゃ駄目でしょう。田万河に連れてきてくれるのはうれしいけれど、やっぱりもったいないような気がするわ」

「江戸っ子がそんなけちくさいこと、できるはずがねえよ。ぱあっとつかっちまわねえと、神さまのご機嫌を損ねるってものさ」

「そうかしら」

「そうともさ」

豪之助は目玉をぎろりと動かして、お里を見据えた。

「どうしたの、そんな変な顔して」

「変な顔だと」

　豪之助は落胆した。

「親父ににらまれると、みんな、すくんだようになるのに、俺の場合、うまくいかねえものだな。やっぱり経験の差か」

「なにぶつぶついっているの」

　豪之助は目を落とした。

「いや、試しにやってみただけさ。——しかし、ここに来てだいぶたつっていうのに、ちろりの一つもきやしねえなあ」

「もったいぶっているんでしょうね。それと、こういう店じゃあ、ひさごでくるんじゃないのかしら」

「ひさごか。一度もつかったこと、ねえな」

「あたしは一度、あるわ」

「ふーん、そうか」

　豪之助はお里に目を転じた。

「ひさごをつかったことがあるだなんて、お里、おめえ、やはりずいぶん貯めこんでいるんじゃねえのか」

「そうでもないわ」

お里がわずかに警戒の思いを表情にだしていう。

「馬鹿、俺がおまえの金をどうこうするとでも思っているのか。そんなこと、しやしねえよ。安心しな」

そうね、とお里が同意する。

「豪之助さんは、あたしからお金を巻きあげること、できる人じゃないわ」

「なにしろ小心者だからな」

豪之助はお里を見つめた。ふふ、とお里が笑う。

「前からききたいと思っていたんだけど、お里、おまえ、どうして鴫下で働いているんだい」

「どうしてっていわれても……」

「理由がなけりゃあ、あんなところで働かないだろう」

「そうねえ」

自分の顎《あご》に人さし指を押しつけて、お里が天井を見る。

「他の人はいろいろとわけがあるんでしょうけど、あたしの場合はお金のためよ。

女は稼げる場所なんて、限られているから。ほかに理由などないわ」

「へえ」

豪之助は目を丸くして見つめた。

「特に苦労している様子はないし、なんとなくそうじゃねえかって思っていたけど、やっぱりなあ」

「ふーん、豪之助さん、わかっていたんだ」

「まあな」

豪之助は軽くうなずいた。

「お里、今の仕事が好きなのか」

「ええ、好きよ。好きなことして、お金もらえるなんて最高だし。こうして滅多に入れない店に連れてきてもらえるし」

「ふーん、好きなのか……」

豪之助はじっと見た。お里が怪訝《けげん》そうにする。

「どうしたの、そんなにまじめな顔して。似合わないわよ」

「今の仕事を、ずっと続けるつもりでいるのか」

「こっちがやりたくても、いずれお払い箱でしょ。容色の衰えなんて、それこそあっという間にやってくるんだから」

「仕事、やめたら、どうするんだ」

「決めてないわ」

「誰かの嫁さんになるなんていうこと、ないのか」

「そうねえ、あるかもしれないわねえ」

　お里がはっとする。

「豪之助さん、まさかあたしをお嫁さんにしたいと思っているんじゃないでしょうね」

「ば、馬鹿をいえ。そんなこと、露ほども思ってねえよ」

　そう、といってお里が悲しげな顔になる。

「残念ね。豪之助さんさえよければ、あたし、お嫁さんにしてほしかったのに」

「ほんとか」

　豪之助は勢いこんだ。腰を浮かせかける。

「嘘よ」

　お里がにっと笑う。

「うーん、正直、今のところ、わからないわ。あたしと豪之助さん、相性はぴったたりでしょうけど、豪之助さん、なにをしている人なのか、教えてくれないし」

「今は遊び人だなあ」

「お父さんはなにをしているの」

「親父か。死んだよ」

「えっ、そうなの。ごめんなさい」

「気にしなくていいよ。とっくの昔の話だから」

怒り顔の伊造が脳裏に浮かんできた。消えろよとばかりに、豪之助は手を振った。

「どうしたの」

「ちょっとあってさ」

豪之助はすぐさま話題を変えた。

「お由岐さん、ここ最近、店に来ているのかい」

「ううん、ほとんど来ないわ。全然会っていないもの」

「もう来ないのかな。夏兵衛さん、残念だな。お由岐さんは、どうして鴨下で働いていたのか、知っているかい」

「人探しをしているってきいたけど」

「人って誰を」

「きいたけど、教えてもらえなかった」

「なにかわけありな感じはしたけど、人を探していたのか……」

豪之助はお里から手を放し、うなり声をだして腕組みした。お里が少し体を崩し、真っ白なふくらはぎがあらわになった。

豪之助は一瞬、欲情しかけたが、ここは高級料亭であるのを思いだし、その思いに蓋《ふた》をした。

「お由岐さん、いったい誰を探しているんだろう」

そうねえ、とお里がいった。

「あたし、前も考えたんだけれど、生きわかれになった二親とか」

「ふむ、考えられるな」

「あとは仇《かたき》かしら」

「それもあるな」

豪之助はお里を抱き寄せた。いや、とお里が甘えた声をだす。

襖《ふすま》をへだてた隣の部屋に、客が案内されてきた気配が伝わり、お里があわてたように口を閉じた。

客は二人の侍なのか、穏やかな調子で話をしており、なにをしゃべっているのかは伝わってこない。

豪之助も見習うことにし、やや声を低くした。

「仇っていうのが、お由岐さんのどこかはかなげな感じからして、最もしっくりくるかな。仇だとして、どうしてそんなことになったんだろう」

「さあ、わからないわ。豪之助さん、じかにきいたら」

「お里に話してくれないものを、俺なんかに話すわけがない。――夏兵衛さんはどうかな。教えてもらっただろうか」

「さあ、どうかしら。夏兵衛さんも最近、来ないのよねえ。あたし、夏兵衛さんの相手、一度したいのに」

「えっ、そうなのか」

「ええ、そうよ」

お里が何度もうなずいてみせる。

「だって、若いのにどことなく渋いし、格好《かっこう》いいもの」

「夏兵衛さんて、格好いいのか」

「ええ、とても」

せっかく田万河ほどの料亭に連れてきて、他の男をほめられるのは悔しい。

「でも夏兵衛さんて、盗人《ぬすっと》かもしれないんだぞ」

少し声が大きくなったのに気づき、豪之助は声を押し殺した。

「本当だぞ」

「どういうことよ」

「夏兵衛さん、御用の人に、盗人としてにらまれているんだよ。なんでも鼠がとても苦手らしい」

「ええっ、そうなの。ねえ、御用の人って誰なのよ」

うちの親父だとはいえず、ちょっとした知り合いだよ、と豪之助は答えた。

「ねえ、その人、信頼できる人なの。でたらめ、いっているんじゃないの」

「いや、そういう人じゃねえ。でたらめなんて、口にしやしねえよ」

豪之助は親父の顔を思い浮かべていった。そうだよ、親父はがみがみと口うるさいけど、探索に関しちゃ、誰よりも信頼できる男だものな。

だとしたら、とすぐに豪之助は思った。夏兵衛さんは本当に盗人なのだろうか。親父がにらんでいるのなら、そうだと考えたほうがいいのではないか。

「夏兵衛さん、盗賊かもしれないのかあ」

お里が天井を見つめて、ぼんやりといった。ちりりと音を立てて、行灯《あんどん》から黒い煙があがっていった。

目で追った豪之助は、天井にぶつかった煙が霧のように散ずるのを見た。

なんだい、意外に安い油をつかっているんじゃねえのか。

煙が目に入らなかったのか、お里の夢見るような表情に変わりはない。

「でも盗賊なんて、なんとなくかっこいいわ。夏兵衛さんてどこに住んでいるの」

「おい、押しかけるつもりか」

「そんなつもりはないわ」

「本当だろうな。まあ、しようがねえ、教えてやらあ」

豪之助は口にした。

「ふーん、お寺に住んでいるの」

「そうさ。なかなか立派な寺だよ」

「それにしても盗賊かあ」

お里が憧《あこが》れの口調でいう。

「夏兵衛さんにある陰は、そういうことなのかなあ。ねえ、豪之助さん、あたし、夏兵衛さんに抱かれたいわあ。今度、店に来たときにお由岐さんがいなかったら、きっと抱いてもらおうっと」

そんなことをいわれたせいか、田万河の料理を豪之助は堪能《たんのう》できなかった。

おいしい、おいしいを連発してお里は、ねえ、食べないならあたしが食べていい、とあまり料理に手をつけようとしない豪之助の分まで平らげた。

豪之助は酒ばかりを飲む羽目になった。さすがに田万河で、吟味し尽くされた酒が供されて、少し飲みすぎた。外に出たはいいものの提灯《ちょうちん》を持つ手がひどく揺れ、あたりの木々や壁、塀がいきなり明るく迫ってきたり、あっという間に視野から消えたりする。

「ああ、酔った」

お里が涼しい風に気持ちよさそうに吹かれている。

「酔ったって、おめえはほとんど飲まねえで、食ってばっかりだったじゃねえか」

豪之助は、ややろれつのまわらなくなっている自分を感じた。かなり飲んだのは事実だが、酒にはひじょうに強く、ふつうはこのくらいで酔ったりはしない。

「酔っ払ったのは、田万河の料理によ。さすがにすごかったわ」

鯛《たい》の刺身、鯉のあらい、鴨肉のあつもの、里いもの煮つけ、れんこんと白身魚の揚げ物などだ。

「なるほど」

豪之助は納得した。あまり食べなかったが、やはり田万河ということで、圧倒されていたところがあったのかもしれない。

「豪之助さん、また連れていってちょうだいね」

お里がしなだれかかって、子猫のような甘え声をだす。

「おう、まかせておけ」

豪之助はどんと胸を叩《たた》いた。

「大勝ちしたら、連れていってやるよ」

「そう残念ね」

「なにが残念なんだ。ああ、そうか。二度目はないかもしれないって考えているのか」

「ご名答」

「この馬鹿。それなら、次はちがう女を連れてゆくぞ」

「あら、あたし以外にそんな人、豪之助さんにいるの」

「いるに決まって――」

豪之助は口を閉ざした。

「どうしたの」

お里が不審そうに顔をのぞきこんでくる。

「しっ」

豪之助は唇に人さし指を当てた。そうしておいてから、うしろを見た。

誰かにつけられているのではないか。そんな気がし、振り返らずにいられなかった。

だが、人など背後に一人もいない。深い闇が泥のように、どろりと横たわっているだけだ。

勘ちがいか。

きっとそうなんだろう。

豪之助は無理矢理にそう思い、お里を抱き寄せた。

足早に歩き続ける。

「どうしたの、そんなに急に怖い顔して」

「なんでもねえよ」

豪之助はときおり振り返ってみたが、つけているような者はやはりいない。

勘ちがいだったんだな。

しかし豪之助の気持ちは安らがなかった。

第二章　小田原の男

一

手助けをしたい。

夏兵衛は強烈に願っている。

お由岐、有之介姉弟《きょうだい》に力を貸したくてならない。

しかし、お由岐と有之介はどうして姉夫婦が殺されたのか、そのわけまではまだ話してくれない。

知りてえなあ。

夏兵衛は腕枕をしていたが、手のひらが痛くなって頭をじかに畳につけた。頭のうしろがひんやりする。

今朝はかなり冷えた。この秋一番といっていいのではないだろうか。

寒いのは好きではない。だが、江戸の寒さは避けて通れない。

天井が見えている。杉の木目がどこか筍《たけのこ》のようで、煮物が好きな夏兵衛は、あのしゃくしゃくとした歯応《はごた》えを思いだし、唾《つば》がわいた。

いや、今はそんなことなど考えている場合じゃねえぞ。

天井板に、お由岐と有之介の姉弟の顔を思い浮かべた。二人とも、整った顔立ちをしている。

姉夫婦が木下留左衛門という男に殺され、その仇《かたき》を追って二人は江戸に出てきた。その先は、この前考えてみたように、単純な筋ではないのではないか。

木下留左衛門という男は、どうして姉夫婦を殺したのか。

もしや留左衛門とお由岐たちの姉は不義密通をしており、そのことを知った義兄に二人は成敗されそうになったが、留左衛門が義兄を返り討ちにした。

だが、そうすると留左衛門が姉まで殺した意味がわからない。

いや、逃げる留左衛門に姉がすがりつき、連れていってと懇願したのか。それを邪魔に感じた留左衛門が斬り殺したのか。

考えすぎのような気がするが、どうだろうか。

どうしてお由岐と有之介の二人は無事だったのか。二人は別の家にいたのか。

姉というのは、よその家に嫁いだのか。そうなのだろうか。お由岐たちの家を継ぐのは、有之介だろうから。義兄は、おそらく別の家の当主なのだろう。その家が留左衛門に襲われ、姉と義兄が斬り殺されたのか。留左衛門というのは、いったい何者なのだろう。

まさか押しこみじゃあ、あるまいな。

夏兵衛は顔を横に向け、壁に目を移した。決して古くはないが、やや薄汚くなりつつある。襖《ふすま》もそうだ。いつの間にかくすんだような色がついてしまっている。猫にでも引っかかれたような傷がいくつかあった。

いつの間にこんな傷ができたのか。夏兵衛には覚えがない。野良猫が入りこんだのだろうか。

かもしれない。やつらは障子をあけるなど、朝飯前だ。

今は猫のことより、お由岐や有之介のことだ。

留左衛門が押しこみだとして、金目当てに屋敷に押し入り、お由岐たちの姉夫婦を斬殺《ざんさつ》し、金を奪った。

夏兵衛は首を振った。ちがうのではないか。それでは、あまりに単純すぎる。ありふれている。

もっと別の理由《わけ》があるはずだ。それはいったいなんなのか。

だが夏兵衛の頭では、思いつくことができない。

俺はやっぱり頭のめぐりが悪いなあ。

夏兵衛は起きあがり、壁際に押しやった布団に体を預けた。布団からは、なんとなくかびくさいようなにおいがする。実家で暮らしていたときは、こんなにおいはしなかった。天気のいい日はいつも、母親が干していたからだ。

俺もそうしなきゃな。こんなのに寝ていたら、体を悪くしそうだ。

畳にも、すり傷のようなものがいくつもあるのに気づいた。やはり留守中、野良猫が入ってきているのではないか。それとも、この傷は自分が知らないあいだにこさえたものなのか。

参信和尚に叱られるだろうか。そうなったら、弁償すればいい。そのくらいの金はまだある。

今、何刻《なんどき》なのだろう。

朝はやく起き、布団は畳んだが、また眠くなり、畳でうたた寝していた。おそらく五つ（午前八時）すぎという頃合だろう。

出かけるか。

午前はいつものように手習があるが、なんとなくやる気が起きない。二日続きで手習を怠けることに後ろめたさはあるが、やる気がないのに参信の教えを子供と一緒に受けるほうが、よくないのではないか。

いいわけかなあ。

夏兵衛は思ったが、明日はちゃんと受けよう、と自らにいいきかせて着替えをした。腰高障子をあけ、濡縁《ぬれえん》に立つ。

目の前はこぢんまりとした庭だが、鮮やかに葉を赤く染めている木が寒さすら感じさせる風に揺れている風景に、もの悲しさを覚えた。

こういうのを侘《わ》びというのかな。

左手に庫裏が見える。あの建物に、千乃《ちの》という若い女性と一緒に参信が住んでいる。千乃は表向きは妹という触れこみだが、実際には妾《めかけ》だ。

参信和尚はいかにも精のある顔つきをしているから、いかな僧職にあるといっても、女抜きの暮らしというのは考えられないのだろう。

女犯《にょぼん》などとんでもない坊主だと思うが、心はひじょうにあたたかだし、女を囲っている坊主など枚挙にいとまがないといっていいほどだから、夏兵衛に参信を咎《とが》める気などない。

濡縁に雪駄《せった》が置いてある。緒のところに一匹の蟻がいた。寒さが増しつつある時季なのに、まだ餌を求めて働いているのだ。

おめえら、えらいなあ。

夏兵衛は、蟻が雪駄を降りるまで待った。

「よし、誰かに踏まれるんじゃねえぞ。ちゃんとねぐらに帰るんだぞ」

夏兵衛は雪駄を履き、庭を歩きだした。

庫裏の前を通るとき、耳を澄ませた。千乃と一戦まじえているのではないか、と思ったが、その手の声はきこえてこなかった。

珍しいな。

夏兵衛は首をひねった。具合でも悪いのかな。

だいたい本堂での朝の読経を終えたあと、朝っぱらからはじめていることが多く、よく千乃の声が耳に届くのだ。

とにかく、と夏兵衛は思った。外に出てゆくのを和尚に見咎められなかったのは、幸いだった。

昨日も本来なら、巻真寺に戻ってきたとき参信に叱りつけられていても、おかしくはなかった。ただ、飲みに行ったこともあって、帰りはかなり遅くなった。そのために、参信も振りおろす拳《こぶし》の先がなかったということではないか。

さて、どこに行こうか。

こぢんまりとした山門のくぐり戸を静かに出て夏兵衛は考えた。

お由岐さんのところ、いや、これからはもう郁江さんと呼ぶべきなんだろう、郁江さんのところに行こうか。

しかし、昨日行ったばかりでまたというのは、迷惑ではないか。

弱気だな。

そんなことを考えず、郁江の役に立ちたいと思っているのなら、さっさと行けばいいのだ。

それができないのは、本気で役に立つ気がないからではないか。

そんなことはない。

夏兵衛は心でいったが、足は郁江たちの長屋のあるほうに進んでいない。

仕方あるまい。夏兵衛は足が進むにまかせることにした。きっと今日はそういう日なのだろう。

風はやや冷たいが、澄み渡った空にはちぎれた雲がいくつかあるだけで、陽射しをさえぎるようなことはない。太陽は朝からすこぶる元気で、昼前には相当あたたかくなるのではないか。いや、大気はすでにだいぶあたためられており、見あげる木々は黒い影となって見えている。これだけ日和がよければ、江戸の町をぶらぶらするのには、格好の日といっていい。

町には相変わらず人が多い。いったいどこからこんなにわき出てくるのか。

仕事を持つ者ならとうに働きはじめている刻限だから、目につくのは女のほうが多いが、町をぶらつく男も珍しくない。

隠居した年寄りならともかく、夏兵衛と同じ年の頃なのにぶらぶらしている者がかなり多い。

侍は四十前に隠居する者が少なくないときくが、町人でもそういう者は決して珍しくない。大店《おおだな》でも、出世の階段を無事登りつめて番頭にまでなった者の楽しみは、引退して故郷で嫁取りをすることときいたことがある。番頭の歳は、せいぜい四十すぎくらいとのことだ。

でも俺はまだ二十五だ。その俺と同じくらいの者たちが所在なげにたむろしていたり、物ほしげな顔であたりをうろついていたりするのは、どういうことなのか。

職がないのか。いや、そういうことではないのだろう。職は求めさえすればいつでもあるのが、江戸という町だ。

あてもなく歩き続けるうち、朝飯を食べていないこともあって、夏兵衛は腹が空《す》いてきた。

なにか入れるか。

なにがいいかな、と考えてあたりを見まわす。

どこからか、だしのいい香りがしてきた。鼻先にまとわりつき、そこからすっと鼻のなかに滑りこんできた。

いいにおいだなあ。

夏兵衛は思いきり吸いこんだ。心が落ち着くような気さえする。

どうやら蕎麦《そば》切りのようだ。ちがう。これはうどんだろう。

手先の器用さだけでなく、においを嗅《か》ぎわけることにも自信がある。どこでうどんをつくっているのか。

香りに先導される形で、夏兵衛は歩を進めた。

ここかい。

細い路地を曲がり、半町ほど行ったところで夏兵衛は足をとめた。

暖簾《のれん》が、やや強く吹きはじめた風をはらんでばたばた鳴った。暖簾のくくりつけられている竹竿《たけざお》がはずれそうになっている。

この路地は風の通り道になっているらしく、夏兵衛の着物の裾《すそ》も激しくまくりあげられる。地面から巻きあげられた土埃《つちぼこり》が、痛さを覚えるほどの勢いで顔にぶつかってくる。

夏兵衛は、うつむいた。細くした目のあいだから、雪駄を履いている自分の足が見えたが、土埃のせいで霞《かす》んで見えている。風に強く押し流された土埃は次から次へとやってきて、まるで切りがないようにすら感じた。

ようやく風がおさまり、土埃も立たなくなった。夏兵衛は顔をあげた。暖簾はしおれたようになり、竹竿も落ち着きを取り戻している。急に静かになり、この世に誰もいなくなったような静寂に包まれた。

さて、入るか。

ほっと息をついた夏兵衛が暖簾を払おうと一歩踏みだしたとき、近くから怒鳴り声がきこえてきた。この野郎、といっているのか。どこかできいたような声をしている。

今のはなんだ。

夏兵衛はこうべをめぐらせた。うどんのことは頭から失《う》せた。

さらに怒鳴り声がきこえてきた。腹を下から突きあげるような声だ。声が割れて、なんといっているのか、わからない。おびえたような泣き声と、勘弁してくださといっている男の悲鳴に近い声が耳に届いた。

どこだ。

夏兵衛は路地を駆けだした。また風が吹いたが、今度は背中を後押しされているも同然だった。

道に走り出た。左右を見る。怒鳴り声はさらにきこえている。

三間ほど先の右手に、人垣の一番うしろらしい人の影が見えている。野次馬が集まっているようだ。

野次馬の背中に張りつくようにした夏兵衛は、なにが起きているのか、背伸びしてのぞいてみた。

一軒の家の障子戸があけ放たれており、そこから怒鳴り声や泣き声、悲鳴が発されている。

「どうしたい、なにがあったんだい」

夏兵衛は前の男にきいた。男は夏兵衛を振り向きもせずに答えた。

「借金の取り立てだよ」

なるほど、そういうことか。

夏兵衛はようやく納得がいった。

「おまえさん、知ってるかい」

男が野次馬根性丸だしの顔を向けてきて、きいた。

なにを、と夏兵衛は問い返さなかった。男がなにをいいたいか察したからだ。

男が口の端をひん曲げるようにして、小さく笑う。

「なんだい、金貸しが誰だかもうわかったのかい。さすがに悪名高い男だよなあ」

確かに男のいう通りで、あの声はまちがいなく天《てん》右《え》衛門《もん》だ。

夏兵衛にきき覚えがあるのも道理で、むしろ最初に耳にしたときに思いだせなかったのが、おかしいのである。

夏兵衛は無理に人垣を割るようにして、前に進んだ。なんだよ、なにするんだ、という声が相次いできこえたが、意に介さなかった。

野次馬の先頭に出て、入口を見た。

力士のように大きな男がこちらに背中を向けていた。金貸しの甲州屋《こうしゅうや》のあるじ天右衛門である。

相変わらず雲突く大男といういい方がぴったりで、ここまで近づくと、怒鳴り声で耳がびりびり震えるような気さえする。

怒鳴られているほうは、鬼が目の前に立ちはだかっているようなもので、生きた心地がしないのではないか。

夏兵衛は目をめぐらせた。天右衛門は、常に二人の用心棒を連れて歩いている。特に、若い遣い手の用心棒がいないか、確かめたのだが、天右衛門は今日は連れてきていないのか、二人の姿は見えない。

一度、天右衛門の阿漕《あこぎ》なやり口が許せずに夏兵衛は甲州屋に忍びこみ、二つあるうちの一つの蔵の鍵《かぎ》をあけることに成功した。千両箱を担いで逃げようとしたとき、あろうことか最も苦手としている鼠があらわれ、たまらず、げっと声をだしてしまった。そのために母屋に控えていた若い用心棒に気づかれ、危うく斬り殺されそうになった。

あのときの恐怖は、今もさして薄れていない。思いだすたびに体が震え、決まって悪夢にうなされる。自分の弱さを思い知らされる感じがして、そのことも夏兵衛は腹立たしい。

「いいかい、よくききなよ」

天右衛門が大気に洞窟《どうくつ》をあけるような声をだした。耳を聾《ろう》するという言葉がぴったりくる声だ。

「今日が借金の返済の期日だ。本当のことをいえば、三日前がそうだった。だが、やさしいわしは三日、待つことにした。三日くれれば、耳をそろえて金は返すとこちらの壱兵衛《いちべえ》さんがいったからだ。それで、今日、わしはこうしてやってきた」

天右衛門がもったいをつけたように、一拍置く。

「しかし、せっかくわざわざ足を運んだわしに、壱兵衛さんは金はできなかったという。そして、あと三日待ってほしいとまたいうんだ。でも、そんな言葉は残念ながら信じられない。壱兵衛さんは嘘つきだからな。約束を平気で破る男の言葉を誰が信じるというんだ。わしは無駄足を何度も踏むつもりはない」

「うちの亭主のことを嘘つきだなんて、なんてこと、いうんだい」

女房らしい女が家のなかで吠《ほ》える。

「嘘なんかじゃなくて、ただ、約束通りにいかなかっただけじゃないか」

「ほう、おまえさん、約束は破っていいっていうのかい」

「そんなことはいってないよ。約束した通りにできなかったことは、さっき謝ったじゃないか」

「謝って金を返さずにすむなんていう、甘い商売はしていないんだよ。そんなことしたら、こっちが首をくくることになっちまう」

「首をくくるだって。あんたをつり下げる梁《はり》がどこにあるんだい」

「なかなか口の減らない女だね。客だと思ってこちらが下手に出ていれば、いい気になっているようだ」

「いい気になんかなってないよ。いくら商売だからって、病人の掻巻《かいまき》まではぐこと、ないじゃないか」

「壱兵衛さんは病気なのかい」

天右衛門が首をひねり、いかにも不思議そうにいった。首筋の下に深いしわがあるのが、夏兵衛の目にはっきりと見えた。

あの野郎、意外に歳を取っているのかもしれねえな。

「壱兵衛さん、元気にしか見えないんだけどな」

野次馬たちにはっきりときこえるように天右衛門がいう。

「なにしろ、金を借りに来たときは、足取りも軽やかに、跳びはねるようにして帰っていったんだから。仮病をつかって仕事を怠け、それで借りた金も返さないだなんて、壱兵衛さん、まったく本当にどういう神経、しているんだろうねえ」

「仮病なんかじゃないよ。お医者に診てもらっているんだから、その薬代がかさんだんだよ」

「だったら、文句はお高い金を取るそのお医者にいいなよ。そういえば、あんた方にはかわいい娘がいるときいた。確か十三だったね」

「娘を売れっていうのかい」

「さあてね」

夏兵衛は、なんとかしてやりてえ、と思った。ほかの野次馬たちも同じ気持ちのようだが、誰もが歯嚙《はが》みしているだけでなにもできない。

俺がやってやろうか。

一瞬、夏兵衛は考えた。飛びだして、天右衛門に拳《こぶし》を見舞ってやるのはたいしてむずかしいことではないだろう。だが、それをしたからって壱兵衛の借金がなくなりはしない。

俺が金を持っていればまた話はちがうが、ここ最近、盗みに入っていないので、懐具合は寂しい。

くそう。夏兵衛は唇を嚙んだ。本当にできることはねえのか。

いや、そうじゃねえ。俺には盗みの才があるじゃねえか。ここは、やはり俺がやつに天誅《てんちゅう》を加えなきゃ駄目だな。

夏兵衛は、甲州屋の蔵から必ず千両箱を奪うことを誓った。その金は貧しい者たちにきっとわけてやろう。

その後も女房はがんばったが、結局、天右衛門は壱兵衛の掻巻、櫃《ひつ》、七輪、膳《ぜん》、椀《わん》などを持ち去った。

「ひでえことしやがる」

誰かが天右衛門の背中に向かっていったが、天右衛門は一瞥《いちべつ》すらくれなかった。借金のかたに取った物を大事そうに抱え、大股《おおまた》にずんずん歩いてゆく。

「背中をぶっすりやりてえぜ」

誰かが物騒なことをいったが、まったくだ、本当だぜ、きっとそのうち殺《や》られるぜ、とほかの者たちも同意した。

しかしもしそんなことをしたら命がなくなるぞ、と夏兵衛は思った。天右衛門殺しで町奉行所につかまり、獄門になるからではない。例の若い用心棒が、隣家の庇《ひさし》の陰からふらりとあらわれ、天右衛門にぴったりとくっついたからだ。

あんなところにいやがった。

夏兵衛は目をみはった。気づかなかった。相変わらず暗い場所が似合う男だ。闇の股から生まれてきたようにしか思えない。

用心棒が首をまわして、野次馬たちをにらみつけてきた。

怖いな、ぞっとするぜ、ありゃ人殺しの目だな。そんなささやきが野次馬たちの口から漏れた。

一度、顔を天右衛門のほうに戻しかけた用心棒が気づいたように首をねじ曲げ、目を向けてきた。

夏兵衛はすばやく面《おもて》を伏せた。

遅かったか。すでに目が合ったような気がした。

逃げるか。やつはきっと俺の目は覚えているにちがいない。

そっと顔をあげ、用心棒をうかがった。用心棒は目をこちらに据えたまま、じっと立っている。

天右衛門が、用心棒になにか声をかけた。天右衛門のほうを向いた用心棒は、こちらに気を取られつつも、ようやく背を見せて歩きだした。

天右衛門の背後についた若い用心棒は、角を曲がる際、再びこちらを見た。

そのときにはすでに夏兵衛は、散りつつある野次馬たちにまじってその場を離れるところだった。

くわばらくわばら。

夏兵衛は懐に手を入れ、巾着《きんちゃく》を取りだした。なかには、一朱と数枚のびた銭が入っているだけだった。あけ放たれたままの壱兵衛の家の入口脇に、そっとそれらを置いた。

すばやくその場を立ち去る。礼をいわれるのは、好きではない。

天右衛門とあの用心棒に出合ったことで、夏兵衛はひどい疲れを覚えている。気がくたびれているのだろうが、足もふくらはぎのあたりが鉛でも巻かれたかのようにだるく、腰も板でも打ちつけられたかのように張っている。

これ以上、町をうろつくのはできそうになかった。郁江と有之介の長屋を訪れるのも、今日はもう無理だった。

四つ半(午前十一時)頃に巻真寺に戻り、借りている離れの一室で一眠りした。

九つ(正午)すぎに目を覚ました。空腹を感じた。今日、まだなにも食べていないのを思い起こした。

しかし、飯を炊いている暇も、外に食べに出ているときもなさそうだった。九つ半(午後一時)からはじまる午後の手習には出るつもりでいるからだ。

手習所は巻真寺の境内に建てられている。三十畳ばかりの広さを誇る、立派な教場だ。以前は本堂で手習を行っていたらしいが、参信が自腹を切って建てたそうなのだ。

夏兵衛は離れを出た。ひらかれている山門をくぐって、三々五々やってくる子供の姿が見える。

「あっ、夏の兄ちゃん」

叫んで駆け寄ってきたのは、鯛之助《たいのすけ》だ。磯太郎《いそたろう》や明造《あけぞう》、正之助《しょうのすけ》、おうさたちが鯛之助を追って走ってきた。

鯛之助が、久しぶりだね、といって体をぶつけてきた。

「そうだな」

夏兵衛は両手を広げて小さな体を抱いた。頭のてっぺんがまん丸く剃《そ》られているのがかわいい。青いのが尻《しり》と同じで、幼さを感じさせる。

磯太郎たちも鯛之助に負けじとやってきて、夏兵衛にまとわりついてきた。

「おう、みんな、来たか」

夏兵衛は一人一人をかたく抱き締め、犬をかわいがるように、よしよしと頬《ほお》をすりつけた。

「夏の兄ちゃん、おひげが痛い」

笑みを浮かべつつも少し顔をしかめたのは、おうさだ。今朝、ひげを当たらなかったのを夏兵衛は思いだした。

「おうさ、すまねえな」

頭をなでられたおうさが軽くにらむ。まだ八歳なのにもかかわらず、そのあたりの目の表情には色気が香る。

女ってのはすごいし、やっぱり怖いものだなあ。

夏兵衛は心の底から思った。

「夏の兄ちゃん、またおひげを剃るの、忘れたんだね。朝餉《あさげ》はちゃんと食べたの」

「いや、食べてねえ」

「朝、ちゃんと食べないと駄目っていつもいっているのに、また忘れたの」

「いや、おうさ、決して忘れたんじゃねえよ。飯を炊こうと考えなかっただけだ」

「考えなかったというより、思いださなかったんでしょ」

「まあ、そうだ」

「そういうのを忘れたっていうんだよ」

口をだしてきたのは鯛之助だ。

「そうだよ、屁理屈《へりくつ》だよ」

夏兵衛は目を動かし、声の主を探した。

「今のは誰がいったんだ」

「おいらだよ」

夏兵衛は目を下げて、人さし指で自分を指している男の子を見つめた。

「おう、しょうきちじゃねえか」

「夏の兄ちゃん、おいらはしょうきちじゃなくて小吉《こきち》だよ」

「ああ、そうだった。小吉だ」

小吉は頭全体が剃られており、両の鬢《びん》のところに馬のしっぽみたいな髪が垂れているだけだ。

「どうせまた、ちっちゃくて見えなかったっていうんでしょ」

小吉にいわれて、夏兵衛は目を大きく見ひらいた。

「どうしてわかるんだ」

「当たり前でしょ。夏の兄ちゃん、同じことをこれまで何度も何度も口にしているんだから」

「あれ、そうだったか」

「夏の兄ちゃん、大丈夫」

鯛之助が心配そうに声をかけてきた。

「大丈夫って、なにが」

「最近、本当にぼけはじめているんじゃないの」

「そうかな。俺ってそんなにおかしいか」

「うん、かなり」

夏兵衛は鬢をぼりぼりと強くかいた。

「それなら、手習にちゃんと励まなきゃ駄目だな」

「そうだよ。夏の兄ちゃん、どうしてこの二日、休んだの」

きいてきたのは正之助だ。やや肥えており、小さな目が盛りあがった頬のなかに埋《うず》もれているように見える。

「ちょっとあったんだ」

「ちょっとってなに」

おうさが真剣な光を目に宿して問う。女絡みであるのを見抜いているのは、まずまちがいない。

「ちょっとした人助けだ」

夏兵衛は説明した。

「とある姉さんと弟さんが仇《かたき》を追って江戸に出てきている。江戸に不慣れな二人を、俺は助けようと思っているんだ」

「仇討《あだう》ちかあ」

鯛之助が感嘆の声をあげた。

「仇は見つかりそうなの」

「まださっぱりだ。だが必ず見つけてみせるさ。まかしておけ」

鯛之助たちはどういういきさつなのか、ききたがった。

江戸の町人たちの横のつながりは侮れないものがあり、この子たちに話すことで手がかりとなるものが見つかるかもしれなかったが、今、手習子たちにそこまで語ろうという気は、夏兵衛にはない。

首をまわし、ゆったりとした陽射しを浴びている教場に目を当てた。

「そろそろ手習がはじまる頃だろう。和尚も来るんじゃないのか」

そうだね、と鯛之助がいい、夏兵衛はみんなと連れ立って教場に入った。

午前の手習の名残で、天神机はずらりと並べられたままだ。そのさまは、なかなか壮観だ。教場は、ぴりっとするような気に覆われている。自然に背筋が伸び、心がしゃきっとする。

夏兵衛は自分の天神机を壁際から運んで、いつもの場所に据えた。『庭訓往来《ていきんおうらい》』をひらいて机に置き、正座した。

やっぱり手習はいいなあ。

しみじみと思った。

右手の戸があき、参信が入ってきた。相変わらず鋭い目つきをし、体全体から気を発している。手習子たちは怖くてならないだろう。

怖いだけなら通わなくなる子もいるはずだが、ほぼすべての手習子がいつも顔をそろえていることから、参信には子供も感じるかわいげや親しみやすさなどがきっとあるのだ。

それは夏兵衛もわかっているから、巻真寺から離れられない。

参信が正面の大机の前に腰をおろした。迫力があり、やはり大きく見える。

参信が目玉をぎろりと動かし、夏兵衛を見つめた。

「夏兵衛」

静かに呼ばれた。

「はい、なんでしょう」

「無断で手習を休んだな」

「はい。実は——」

「いいわけはよろしい」

「いえ、いいわけなどでは決して」

「うるさい」

参信にぴしゃりといわれ、夏兵衛は口を閉じた。

参信が立ちあがり、ゆっくりと近づいてきた。縁《へり》のない野郎畳《やろうだたみ》が小さな音を立てる。

「立て」

「はい」

夏兵衛は見えない縄に引かれるように、すっと腰をあげた。

「来い」

参信に腕を持たれ、夏兵衛はぐいと引っぱられた。

「どこに行くんです」

「決まっているだろう」

「わかりませんよ」

「おまえがわかる必要はない。わしがわかっていれば十分だ」

戸口を出て、夏兵衛は庭に引きずりだされた。

「まさか」

「そのまさかよ」

夏兵衛の目には、庭の端に立つ一本の松の大木が見えている。

「和尚、冗談でしょう」

「冗談であるはずがない。わしはいつも大まじめよ」

参信の手には、縄が握られている。

「いつの間に」

「いつの間にだと。おまえが気づかなかっただけよ。わしは教場に入ったときから、持っておったわ」

「えっ、そうだったんですか」

「そうよ。おまえが手習に来たら、木にくくりつけるためにな」

「和尚、やめてください」

夏兵衛は心の底から懇願した。

「やめる気はない。おまえのようなだらしない男を改心させるのには、こういう手しかない」

「そんなことしなくても、もう改心しました。もう二度と無断で休んだりしません」

「いや、おまえは口だけだ」

和尚は明らかに本気だ。なにをいっても無駄なことを覚り、夏兵衛は参信の腕を振りほどこうとした。

しかし鉄でできているかのように、参信の腕はびくともしない。

「今のおまえでは、わしの腕から逃れることはできぬ。それでも逃げたいというのなら、柔《やわら》の技でなんとかすることだな」

はなからそのつもりでいた。不意をつけばなんとかなるのではないか。一縷《いちる》の望みを抱いて、夏兵衛は参信の袈裟《けさ》の襟をつかみ、腰を寄せて投げを打とうとした。

地面に体が叩《たた》きつけられる小気味いい音が耳に届いた。

そのときには、自分が投げられたことがわかっていた。なにしろ、風景がくるりとひっくり返ったからだ。

腰に痛みが走る。痛えっ、と悲鳴をあげそうになったが、かろうじてこらえた。

夏兵衛は、意地でも声をだしたくなかった。

「立て」

参信にいわれ、夏兵衛は腰を押さえて立ちあがった。

「声をだす元気もないか」

参信に腕を引かれた。そのときを狙っていた。夏兵衛は参信の腕を手繰り、再び投げを打った。

だが、また腰をしたたか打ったのは夏兵衛だった。

さっきよりずっと痛かったが、声はかろうじてださずにすんだ。和尚のやつ、と夏兵衛は思った。手加減なしで投げやがった。

しかし、とすぐに思った。この痛みは少しくらいは参信をあわてさせたゆえではなかろうか。

たいしたことがないのを見せようとして、夏兵衛はすばやく起きあがろうとしたが、そのとき、小さなうめき声が口から漏れてしまった。

腰の痛みがひどくて、とても動けたものではない。

「ちくしょう」

あきらめて、夏兵衛は地面に大の字に伸びた。

右側に庫裏が建ち、左には教場の壁が見えている。緑の葉を茂らせた木々が横に伸ばした枝と枝とのあいだに透き通った空がすっきりと眺められた。

ああ、気持ちいいな。

夏兵衛は久しぶりに地面に仰向《あおむ》けになって四肢を広げ、そんなことを思った。

参信があきれたような顔で見ている。

「なにをくつろいでいる」

「ああ、すみません」

参信が腕を伸ばしてきた。夏兵衛はがっちりとつかんだ。ぐいと一気に引きあげられた。まるで針にかかった魚のような気分だ。

「おまえの技では、わしを投げるなど、十年はやいわ」

「十年たてば、和尚を投げ飛ばせるようになりますか」

参信がにやりと笑う。

「精進次第だな」

「精進します」

「ああ、しろ」

参信が縄を持ち替えた。

「その前にこれだな」

夏兵衛は木にくりつけられる自分の姿が見えるようだった。ため息をつくしかなかった。

二

まったく身動きできない。

あのくそ坊主、大の大人にいくらなんでもやりすぎだろう。

夏兵衛は毒づいた。だが声は小さい。もし参信の耳に届いたら、なにをされるかわからない恐怖がある。

あまりにきつく縛りつけられているために、体中が痛くなっている。

まさかこのまま死んじまうなんてこと、ねえだろうな。

いや、いくらあのくそ坊主でも、そのくらいの加減は心得ているだろう。

そろそろ夕闇の気配が迫っている。手習はとうに終わり、鯛之助たちは帰っていった。その際、さんざん突つかれ、からかわれた。

あのくそ餓鬼ども。あいつらも決して許さねえ。今度会ったら、みんな、引っぱたいて泣かしてやる。

だが、そんなことをしたら、きっと参信に同じ目に遭わされるだろう。

それを思うと、手習子たちにはなにもできない。もともとする気もない。

それにしても、いつほどいてもらえるんだろう。

夏兵衛は心細くなっている。

まさかこのまま一晩すごせっていうんじゃなかろうな。

冬も近い。大気はだいぶ冷えてきている。

冗談じゃねえよ。凍え死にしちまうじゃねえか。

身動きしたが、やはり縄はびくともしない。

くそう。

夏兵衛は庫裏を見つめた。庫裏には灯《あか》りがともり、醤油《しょうゆ》で煮ているらしい、いいにおいが漂ってきている。

あのくそ坊主、山くじらでも鍋にしているんじゃねえのか。

だいぶ冷えているこの時季に、食べるのは最高だろう。酒があれば、いうことはない。

実際、参信は酒好きだ。妾《めかけ》の千乃は般若湯《はんにゃとう》を切らしたことはまずなかろう。

くそう、腹が減ったぞ。食いてえよ。参信、なにか食わせろ。ぶっ殺すぞ。

口にしたわけではないので、庫裏は静まりかえったままだ。

腹の虫が鳴った。いつになったら食い物を入れてくれるのか、夏兵衛に抗議しているらしく、鳴き方は激しい。
待ってくれよ。まずこの縄をほどいてもらえないと、どうにもならねえ。

夜になり、だいぶときがたった。
もう五つ（午後八時）にはなったんじゃねえのかな。
あきらめたのか、腹の虫はもう鳴かない。静かになって久しい。
考えてみれば、先ほどまでの空腹の感じはもはやない。
腹が減りすぎたなによりの証《あかし》だなあ。
食い物を目の前にすれば、きっとまた食い気は復活するだろう。
縄をほどいてもらえたら、まずなにを食うかなあ。
山くじらの鍋、和尚は残してくれているかなあ。
いや、そんな気などまわらないくそ坊主だからな、期待などしないほうがいい。
左側の茂みが、がさっと音を立てた。夏兵衛はぎくりとした。
なんだ。
それきりなにも音はしない。獣《けだもの》かなにかだったのか。
この寺にはむささびが住んでいる。夜、木から木へと飛び移るのを、何度も目にしたことがある。

茂みにむささびが落ちてきたのか。飛ぶのが下手なのもいるだろうから、そういうことがあっても不思議はないか。

まさか、物の怪《もののけ》などということはないだろう。ああ、ないさ。

夏兵衛は自らにいいきかせた。こういう寺には妖異《ようい》の者が暮らしているときく。これまで三年、離れに住んでいるが、そんな者を目の当たりにしたことは一度もない。つまり、その手の者はいないからだ。

となると、今の音はなんなのか。夏兵衛はにやりと笑った。

「和尚、俺を脅かそうとしても無駄ですよ。そんな茂みにひそんでも、俺には見え見えですよ」

しかし、茂みからはなんの答えも返ってこず、和尚が姿を見せることもない。

あれ、おかしいな。

夏兵衛は首を軽くひねった。

和尚じゃなかったのかな。じゃあ、鯛之助たちか。

だが、さすがにこの刻限に外に出てくるとは思えない。

風だったのかな。

それも考えたが、日暮れとともに吹き渡っていた風はほとんどやみ、今は静寂が境内を覆い尽くしている。

気にするなよ。たまたま、なにか音がしただけだろうさ。枝が落ちてきたのかもしれないし。

そう考えたら、また茂みが鳴った。

むっ。

影が飛び出てきた。

妖異の者か。

夏兵衛は目を凝らした。

なにかが闇に光った。

抜き身だ。

なんだ、何者だ。

影が一気に近づき、夏兵衛の前に立った。覆面をしている。

覆面の男は刀を上段に構えた。濃厚な殺気が放たれている。

げっ、本気だ。

夏兵衛は腹が震えだすような恐怖を覚え、縄を振りほどこうとした。

しかし、縄はがっちりと巻かれ、身動き一つできない。

今にも刀が振りおろされるのではないか。殺気がさらに濃いものになった。

まずいぞ。

夏兵衛は小便をちびりそうになった。

助けを呼びたいが、喉《のど》がひからびてしまっており、声が出ない。

おい、冗談だろう。なにかのまちがいじゃあないのか。

口にしようとしたが、やはり駄目だ。

覆面の男が、あらためて気合を入れなおしたのが伝わってきた。殺しに慣れてはいない。

あまり場数は踏んでいないのかもしれない。焦っているが、本気なのははっきりとわかる。

殺気が頂点に達し、夏兵衛は胸を強烈に圧《お》された。

もう駄目だ。

観念したとき、誰だっ、と大喝の声が響いた。

覆面の男はむっと顔を動かしかけたが、思い直したようにすぐさま刀を振りおろそうとした。

だが、その前にあっ、と声をだした。足許《あしもと》に小石が転がったのが、夜目の利く夏兵衛にはよく見えた。参信が放った石つぶてが腕に当たったようだ。

刀を肩に置き、覆面の男が走りだす。

「待てっ」

参信が追いすがろうとしたが、覆面の男の足ははやく、あっという間に塀を乗り越えたようだ。

「逃げられた」

参信が戻ってきた。

「誰だ、今のは」

「し、知りませんよ」

声が震えた。

「しかし知らない者に、殺されそうにはならんじゃろ」

とにかく夏兵衛は助けてもらった礼をいった。

縄をほどいてもらうと、生き返った気分になった。

生きているのは、いい、すばらしい、と心の底から安堵《あんど》した。

怖かった。

三

夏兵衛にはその思いしかない。

おそらく、と思った。参信和尚は、木に縛りつけていたことを忘れていたにちがいない。きっと千乃とむつんでいたのだろう。

ぎりぎりながらもなんとかやってきたのは、「和尚、茂みに隠れても無駄ですよ」という言葉がきこえたからではないか。

「和尚、よく助けに来てくれました」

「ああ、仏のお告げとでもいうのか、おまえが危機に陥っているのがわかったんだ」

「でしたら、もう少しはやく来てくださったら、もっとよかった……」

「様子をうかがっていたんだ」

「えっ」

「おまえ、わしがぎりぎりで助けに来たと思っているのだろうが、そうではないぞ。

何者がおまえを殺しに来たのか、確かめようとしていたのだ」

本当なのだろうか。

「和尚には、何者か、わかったんですか」

「いや」

参信があっさりと首を横に振った。

「なにしろ覆面をしていたからな」

畳の上で、夏兵衛はずっこけそうになった。ここは巻真寺の庫裏である。

「それは、様子をうかがわずとも、はなからわかっていたことではないですか」

「そうではないわ」

参信が顔の前で大きく手を振る。

「夏兵衛の命を取る前に、なにか自らの正体を明かすような話をするのではないか、と思ったのだ」

「でしたら、様子などうかがわず、すぐさまやつを引っとらえたらよかったのではありませんか」

「なるほど」

参信が手のひらを打ち合わせる。

「その手があったか」

この和尚、そんなにうつけだったのか。

「それは冗談だ」

参信がまじめな顔でいう。

「白刃の下に、丸腰で飛びこめるものか」

「でも、前に和尚は『陰結び』という技を伝授してくれたではないですか。俺はあの技で危地を脱しましたよ」

「馬鹿者」

参信が怒鳴る。

「おまえがくくりつけられていた木のそばに、草原があったか」

「むろん、ありません。――でも和尚、常に草原が戦いの場になるわけではないですよね」

「そりゃそうだ。いくつか技があるが、まだおまえに教えてはおらぬ」

「いくつかあるんだったら、ああいう場でも使える技があったんですよね。どうして使ってくれなかったんですか」

「命が惜しかった」

「俺の命はどうでもよかったんですか」

「おまえの命はわしの命ではないからな」

それはそうだろうが、冷たすぎるのではないか。

「おまえはなにしろ、やくざ者に簀巻《すま》きにされそうになったではないか。あのとき
に捨てた命と思えば、もはや惜しくもあるまいて」

やくざともめごとになり、夏兵衛は川に放りこまれかけたのだ。そこを助けてく
れたのが参信だった。

「いえ、せっかく和尚に助けていただいた命ですから、ものすごーく惜しいです
よ」

「ふむ、おまえはまだ若いからな。気持ちはわからんではない」

参信がじっと見つめてきた。やはり鷹《たか》のような迫力がある瞳《ひとみ》だ。夏兵衛は体がか
たくなった。

「お待たせいたしました」

襖《ふすま》があき、千乃が入ってきた。赤い襦袢《じゅばん》をまとっており、なんともなまめかしい。

まぶしいくらいだ。

「こら、千乃、なんて格好をしておるんだ。ちゃんとした着物を着てこんか」

「だって、このほうが夏兵衛さん、喜ぶと思って」

「おまえ、夏兵衛に気があるのか」

「そりゃあるに決まっているじゃないですか。和尚より若いし、たくましいし」

「たくましくはない。わしにころころ投げ飛ばされている男ぞ」

「でも若さではかないませんものね」

「そりゃ仕方ないのう」

「和尚、千乃さん、もうからかうのはやめてください」

参信が感心した顔で夏兵衛を見やる。

「ほう、夏兵衛。おまえ、わかっていたのか。なかなかやるの」

「見え見えです」

「そうでしたか」

千乃が残念そうな表情になる。化粧はいまだに落としておらず、眉《まゆ》を曇らせた表情はなんともつやっぽく、伏せられたまつげは色っぽくて、ひじょうにそそられる。

夏兵衛は下腹が熱くなりかけた。

「でも夏兵衛さん、半分以上は本音ですよ」

「えっ」

千乃は二つの茶碗《ちゃわん》を夏兵衛たちの前に置いて、座敷を立ち去った。

「夏兵衛」

参信が、地獄からの使者のような低い声をだした。

「な、なんです」

「おまえ、千乃に手をだそうというつもりじゃないだろうな」

「そんな気は一切、ありませんから、和尚、ご安心を」

「本当だろうな」

地獄の使者の声は続いている。

「本当です」

「神に、いや、仏に誓えるか」

「もちろんです」

「じゃあ、誓え」

「えっ、なんといったらいいんですか」

「仏さま、夏兵衛は千乃さんに手はだしません。もしだすようなことあらば、地獄に落とされても文句はいいません。こういえ」

「承知しました。お安いご用です」

夏兵衛は復唱した。

「繰り返せ。百八ぺんだ」

「ええ、そんなにですか」

「そうだ。文句があるのか。百八というのは、煩悩の数だ。おまえは、なにしろ煩悩がありすぎる」

「それは、和尚のことじゃありませんか」

夏兵衛は小声でいった。

「なにかいったか」

「いえ、なにも」

「はやくいえ」

「本当にいうんですか」

「当たり前だ」

「はあ、そうですか」

「はやくしろ」

「はいはい」

「はい、は一度だ」

仕方なく夏兵衛は繰り返した。終わったときは、口がへとへとになっていた。

「喉《のど》が渇いたろう。飲め」

参信が、茶碗に向けて顎《あご》をしゃくった。

「いただきます」

茶ではなかった。口中に、いい香りがふんわりと満ちる。ふう、と気持ちのよい息が出た。

「ありがたし」

「そうであろう」

参信がにこにこ笑っている。

「どうだ、味は」

「俺の顔を見てもらえば、おわかりでしょう。さすがに、和尚が選び抜いたものだと思いますよ」

「うむ、わしの舌は確かだからな」

この和尚に謙遜《けんそん》は一切ない。すべてを額面通りに受け取る。

「それで夏兵衛」

酒を一息に飲み干して、参信がたずねてきた。

「襲ってきたあの男が誰なのか、わかっているのか」

「いえ、まったくわかりません。見当もつきません」

「そうか」

参信がむずかしい顔をする。

「わしがおまえに探しだすのを依頼した僧侶《そうりょ》だが」

「はい、道賢さんですね」

「道賢師が何者かに呪詛《じゅそ》を依頼されたのはまずまちがいなかろう。その結果、その何者かに殺されてしまったのだが……」

「その何者かではないか、と和尚はおっしゃりたいのですか」

「そうだ。ちがうか」

「よくわかりませんが、ちがうような気がします」

「どうしてだ」

「理由はありません」

「勘か」

「ええ。消える剣を遣う侍のことは和尚にも話しましたが、もしあの侍なら顔を隠すことなどあり得ないでしょう」

「おまえを斬り殺すのに、躊躇《ためら》いもしなかっただろうな」

ああ、和尚は本当にちゃんと見てくれていたんだ。

夏兵衛はうれしかった。

「前におまえ、正体の知れない侍にかどわかされたな。その者というのはどうだ」

夜、巻真寺に帰るときだったか、町を歩いていていきなり襲われ、詰めこまれるように無理矢理に駕籠《かご》へと乗せられたのだ。そのままどこぞの屋敷に連れていかれた。一人の目の鋭い侍から、僧侶の失踪《しっそう》の件にはもう手をださないように警告を受けた。夏兵衛は生きた心地がしなかったが、二度と手をださないことを誓うと、生きて帰された。

あのときの恐怖は、今も肌に染みついている。垢《あか》を落とすようにたやすくは取れてくれない。

「どうでしょう。もしあの侍たちだったら、あんなに迷いはしなかったのではないかと思えるのです」

「おまえをかどわかした連中は、もっと冷酷さを感じさせる手合いだったか」

「冷酷というよりも、何かをやりとげようという感じでしょうか」

「むしろ冷徹か。なるほど」

参信が考えこむ。

和尚にはあの侍たちに心当たりがあるのだろうか。

夏兵衛は参信が話しはじめるのを、黙って待った。

やがて、参信が顔をあげて夏兵衛を見つめた。

「ほかにはどうだ、心当たりはないか」

「さようですね」

一人いることはいる。

「どうした」

夏兵衛の表情の微妙な変化を見て、参信が問う。

今日会った金貸しの甲州屋の用心棒のことを、夏兵衛は話そうかどうか迷った。

話せば、盗賊であるのがばれかねない。もし参信に知られたら、今度は木に縛りつけられるだけでは、すまない。

だがもしあの男が、この前、蔵を破ったのが夏兵衛であると看破したとして、果たしてここまで乗りこんでくるだろうか。

乗りこんでくるにしても、夏兵衛を斬るのにやはり躊躇いはないだろう。

あの男でもない。

「いえ、なんでもありません」

「夏兵衛」

参信が鋭い声を放つ。胸を拳《こぶし》で突かれたような迫力があり、どきりとした夏兵衛は腰を浮かしかけた。

「な、なんです」

「素直にすべてを吐け」

夏兵衛は座り直した。なんとか体勢を立て直したのを確かめていう。

「いえ、吐くようなことなど、一切ありません」

「嘘を申すな」

「嘘などついておりません」

参信がじっと見据える。顔だけがずいぶん巨大に見え、本堂の本尊に凝視されているような気分になってきた。逃げだしたい衝動に駆られたが、夏兵衛は尻《しり》に力を入れ、こらえ続けた。

「ふむ、強情なやつだ」

息を吐き、参信が柔和な表情をつくった。

「よかろう、今宵《こよい》は勘弁してやる」

夏兵衛は、しかし気をゆるめない。なにしろ油断のならない坊主なのだ。

「どうした、わしの言葉が信じられぬか」

「いえ、そのようなことは」

「だったら、今にも嚙《か》みつかんばかりの顔はよせ」

夏兵衛は全身から力を抜いた。

「夏兵衛、もっと飲むか」

夏兵衛は参信を見返した。

「酔わせて、いわせるつもりですか」

参信がにやりと笑みを浮かべる。

「ほう、おまえ、酔えばいってしまうような秘密がやはりあるのか」

「とんでもない」

夏兵衛はすぐさまかぶりを振った。

「じゃあ飲めるな」

「はい、いただきます」

参信が柏手《かしわで》を打つように手のひらを打ち合わせた。

「はい、お呼びですか」

襖《ふすま》があき、千乃が顔を見せた。まだ化粧は落としておらず、しだれ柳を思わせる色っぽさに変わりはない。

「酒を頼む」

「はい、そう思いまして、もう用意してございます」

腰をあげた千乃が膳《ぜん》を座敷に運びこんだ。膳には徳利《とっくり》が二本と、肴《さかな》らしい皿がいくつかのっている。千乃はそれを参信のそばに置いた。

「こちらをどうぞ」

夏兵衛は千乃に、箸《はし》を持たされた。

「ありがとう」

「夏兵衛、近う寄れ」

参信がもう酔いのまわったような赤い顔で、手招く。こういう顔をしているときは、機嫌のいい証《あかし》だ。

四

飲みすぎたか。

布団の上に夏兵衛は横になった。

まわってやがらあ。

天井が、座布団まわしのようにぐるぐる回転している。

おい、大丈夫か。

さすがに危惧《きぐ》がないわけではない。襲われて間がないというのに、こんなに酒を入れてしまってよかったのか。

参信と千乃が勧めるままに、杯を重ねた。参信も相当飲んだ。明日の朝のつとめが、果たしてできるものなのか。

きっとできるのだろう。参信の酒の強さはわかっている。どんなに飲んでも、翌朝はけろりとして、柔の稽古《けいこ》に一人励んでいることがある。体がとにかく頑健で、あの強さは見習いたいところだ。

しかし、あれは何者なのか。

夏兵衛の思いはまたそこに戻る。

刀をつかっていたから、侍であるのはまちがいないのか。だが、町人でも剣術を習う者は、最近つとに増えている。

町人か。刀に慣れていないから、殺すのにためらいがあったのか。

若い男のように感じた。参信もいっていたが、相当剣は遣える男だったとのことだ。だからこそ、参信もなかなか割って入ることができなかったのだろう。

覆面が強く記憶に残っているが、それ以外に覚えていることはないか。

夏兵衛は自らにきいてみた。

そうだなあ。背は中くらい、やややせ気味だったか。

着物はどうだったか。よくはわからなかったが、あまり上等のものではないように感じた。

貧乏侍となると、御家人か。禄《ろく》の少ない旗本というのも考えられる。それ以上に江戸で考えやすいのは、参勤交代で出府する大名にくっついてくる勤番侍だ。

大名家で思いだすのは、金子をくすねた酒井《さかい》家の下屋敷である。上屋敷に入れなかった勤番侍は中屋敷や下屋敷に収容され、そこで暮らすことになる。

あの下屋敷では、布団部屋でむつんでいた侍と若い腰元らしい女をのぞき見たが、甲州屋と同様、鼠があらわれたことで、侍に天井裏にひそんでいるのを見破られた。侍は相当の遣い手で、夏兵衛は肝を冷やしたが、なんとか下屋敷の外に逃れ出ることができた。

あの侍だろうか。

いや、ちがう。あの侍はもっと歳がいっていた。襲ってきた侍ほど若くはない。

それに、布団部屋のあの遣い手なら、夏兵衛を斬るのにやはり躊躇《ためら》いはないだろう。天井にいきなり刀を突き立てたくらいだ。

それに、あの侍がどうやってあの晩、天井裏に忍びこんだのが夏兵衛であると知り、しかもここを突きとめられるというのか。

奇跡のような偶然が重なれば、できることかもしれないが、ふつうに考えれば、どうやっても無理だろう。

わからねえな。

夏兵衛は考え続けることにも疲れ、酔いがさらにまわったこともあって、目をあけているのに疲れてきた。

ああ、気持ちいいや。

目を閉じていると、楽だ。頭のなかは渦を巻いたようにぐるぐるまわっているが、それすらも心地よい。

脳裏に、母のおのぶが浮かんできた。眉根《まゆね》を寄せ、困ったような表情をしている。

おっかさん、どうしてそんな顔をしているんだい。

夏兵衛、あまり飲みすぎては駄目よ。体を大事にしないと。

わかってるよ、おっかさん。

おのぶに心配をかけたくなく、夏兵衛は真摯《しんし》に答えた。

ううん、とおのぶが首を振る。

あなたは全然わかってないの。幼いときから返事だけはよくて、頭ではわかったような顔はしていたけれど、本当はまったくわかっていなかったのよ。

そうだったかな。

そうだったのよ。

「おっかさん」

夏兵衛は声にだして呼びかけた。

「もう寝るよ」

ええ、お眠りなさい。

母の顔が靄《もや》にくるまれるように静かに消えていった。

「起きなさい」

やさしく体を揺すられた。

ああ、気持ちいいな。

もっとやってほしかった。

「さあ」

揺すり方がやや強くなったが、心地よさに変わりはない。

「うん、起きるよ」

夏兵衛はいったが、目をあける気はなかった。とろとろとしただるさが癖になる感じで、この気持ちよさがずっと続けばいいな、と思った。

「夏兵衛、はやく起きなさい。もう五つ（午前八時）をまわっているのよ」

五つか。あと半刻《はんとき》で手習がはじまっちまうなあ。

あれ、でも誰が起こしてくれているんだ。

今、夏兵衛と呼び捨てにしなかったか。呼び捨てにできる者など、限られている。

夏兵衛は薄目をあけた。

「こら、もっとちゃんとあけなさい」

「あれ」

夏兵衛は大きく見ひらいた。

「おっかさん」

これは昨日の夢の続きなのか。あまりよくは覚えていないが、夢におっかさんが出てきたような気がする。

「夏兵衛、はやく起きなさい」

おのぶは顔をしかめている。

「あれー、本物か」

「夏兵衛、なにをいっているの。本物に決まっているでしょ」

下から見る母親の顔は、意外につややかで美しかった。喉《のど》に薄いしわがあるが、気になるほどではない。障子越しに忍びこむ朝日をほんのりと浴びて、耳の血脈が透き通って見える。

「おっかさん、いい線いってるね」

「この子はなにをいっているのかしら」

「おっかさんは、今でもすごくきれいってことだよ」

おのぶが夕日に照らされたかのように顔を赤くする。

「馬鹿ね、この子は」

「馬鹿じゃないさ」

夏兵衛は、よっこらしょと体を起こした。昨夜飲んだのが安酒なら頭を抱えているところだが、参信の酒が上質なのは疑いようがなく、ふつか酔いで頭が痛くなったことは一度たりともない。

「でもおっかさん――」

「なあに」

「どうしてここに」

もう夢でないのはわかっている。紛れもなくうつつだ。

「昨日から夏兵衛の顔が見たくて、訪ねてきたの」

「こんなにはやく」

「ええ、一刻もはやく無事な顔を見たかったの」

「無事な顔を」

「そうよ」

おのぶが深くうなずく。やや垂れた目をしているが、それが人柄のよさをよくあらわしている。こういう母親から、よくぞ自分のような男が生まれたものだと、心の底から思わざるを得ない。

本物の母は別にいるということは考えられないか。

いや、考えられない。これまでの人生で、母が注いでくれた愛情は紛れもなく純粋だったのがわかる。

むろん、血のつながりがなくても、おのぶが同じような愛情を注いでくれただろうことはわかるが、目や口元、輪郭などやはり自分とよく似ている。

「昨日、悪い夢を見たの」

「悪い夢ってどんな」

「氷がばらばらに弾《はじ》けるというのか、氷に岩がぶつかったのか、氷のつぶてが私にばらばらと降ってくるの」

「氷のつぶてが……」

「それで、夏兵衛の身になにかが起きたんじゃないかしらって、あわててここまで飛んできたの」

「おっかさん、どうして俺の身になにかあったって、思ったの」

それはね、とおのぶが静かにいった。

「前にも同じようなことがあったからよ」

「前にもって、どんなこと」

おのぶが説明する。

「前は氷が割れたものではなく、雹《ひょう》みたいな感じだった。ある日のお昼に、ついうたた寝していたら、おびただしい雹が降りかかってくる夢を見たの。それではっと目が覚めたんだけど、そのときにはどうにも気持ちが悪くて……」

そんなことがあったのか。いつのことなんだろう。ききたかったが、夏兵衛は黙って先をうながした。

「ねえ、夏兵衛、うちに池があったの、覚えてる」

「うん、なんとなく覚えているよ。確か、たくさんの鯉が泳いでいたような気がする。でも、おとっつあんが潰《つぶ》してしまったってきいたよ」

「その口ぶりでは、あなたは覚えていないかもしれないけど、あなたはあの池で溺《おぼ》れたのよ。もう少し救うのが遅かったら、死んでいたかもしれない」

「ええっ」

「本当よ」

おのぶが、そのときのことを目の前に引き寄せるような顔つきをした。

「どうしてか、夏兵衛の身になにかあったって直感したの。それであわててあなたを探したの」

「うん」

夏兵衛は固唾《かたず》をのんだ。自分がこうして生きている以上、結局はなにもなかったのはわかるが、幼い自分の身になにが起きたのか、知りたくてならない。

「私は必死にあなたを探したわ。でもなかなか見つからなくて、胸が痛くなった。このまま死んじゃうんじゃないかって思うくらい、痛かった。でも我慢して庭に走り出たとき、夏兵衛がよく鯉をしゃがみこんでみていたことを思いだして、すぐに駆けつけたの」

「それで」

「あなたはうつぶせになって、池に浮かんでいたのよ」

「気を失っていたのかな」

「ええ、そうよ。私はあなたを抱きあげ、お医者に担ぎこんだの」

おのぶがくすっと笑んでみせた。

「おっかさん、どうして笑うの」

「思いだしたの」

「なにを」

「あなた、裸だったの。まだ春浅いときで、ああ、これじゃあ風邪を引いてしまわって私、思ったの。あなたが溺れて死にそうなときに、そんなことをどうして考えたのか、今でも不思議でならないわ」

「人ってきっとそういうものなんだよ」

「そうなんでしょうね」

おのぶが目を閉じ、またひらいた。

「お医者さんはうちが懇意にしていたお方で、とてもいい腕をお持ちだった。どんな手をつかったのか、今でもよくわからないのだけど、あなたをあっという間にあの世から呼び戻してくれた」

「ふーん、そういうことがあったの」

「そうよ。あなたは一人で大きくなったような顔をしているけど、決してそうでないのがよくわかるでしょ」

夏兵衛は大きく顎《あご》を引いた。

「うん、まったくだね」

「あの池だって、あなたが死にかけたってことで、お父さんが、大事な跡取りになにをしやがる、とんでもない池だって怒って潰してしまったのよ」

そうだったのか。初耳だった。

「ねえ、夏兵衛」

「なんだい」

「あなた、おなか、空《す》いてない」

夏兵衛は腹具合を確かめた。

「うん、空いてる」

「私も空いてるの。お父さんに朝餉《あさげ》はつくったんだけど、私は食べずに出てきちゃったから」

「じゃあ、どこかに食べに行こうか。ああ、駄目だ。手習がある」

おのぶが目をまん丸にする。垂れ目なのにこういう目ができることに、夏兵衛はおかしみを覚えた。

「あなた、手習所に通っているの」

「通っているというか、境内に教場があるんだ」

「ああ、このお寺さんが手習所をしているの。でもどうしてそんな気になったの。幼いときは行きたがらなかったのに」

「俺も最初は行く気はなかったんだけど、手習子の表情を見ていたら、ああ、手習もいいものじゃないかなあって思えたんで、和尚に頼んで」

「そう」

おのぶが顔をほころばせた。心底、安心したという顔だ。

「なんにしろ、あなたが学びたいと思ったのはとてもいいことね。学ぶのに、歳は関係ないから」

　歳は関係ないか。そういうものかもしれない。学問に励んでいるのは楽しいし、手習子たちも自然に受け入れてくれている。

「ねえ、夏兵衛、ここにお米はあるの」

「あるよ」

「じゃあ、炊こうかしら。味噌《みそ》もあるんでしょ」

「あるけど、味噌汁の具になるものはなにもないよ」

　そう、といって、おのぶが台所に降りていった。

「こんなのがあるじゃないの」

　おのぶがかまどの脇で大根を見つけ、頭上にかざした。

「あれっ、ほんとだ」

　夏兵衛は首をひねった。

「ああ、そういえば、千乃さんが三日くらい前に持ってきてくれたんだ」

「忘れていたのね。せっかくいただいたのに、いけないわ」

「本当だね。食べないと、千乃さんに悪いものなあ」

　おのぶがさっそく包丁を振るいはじめた。まな板を叩《たた》く小気味いい音が響く。

やっぱりいい音だなあ。

夏兵衛は嫁がほしくなった。脳裏に描かれる女は、やはり郁江だ。

郁江さんは包丁が達者なのだろうか。おいしい味噌汁はつくれるのだろうか。

別につくれなくてもいい。一緒にいられるだけで、俺は幸せだ。

「夏兵衛、なにをぶつぶついってるの」

「えっ」

いつの間にかまな板の音がやみ、目の前におのぶが来ていた。

「あなた、好きな人がいるのね」

「どうしてそう思うの」

「今、名を呼んでいたでしょ」

「呼んでいたかな」

「呼んでいたわよ」

おのぶが膳《ぜん》を脇にどけ、にじり寄ってきた。

「さあ、白状なさい」

「白状っていっても」

夏兵衛はじっと母親を見た。

「おっかさん、確かにいるけれど、将来を誓い合ったとか、そういう間柄じゃないんだ。もう少しいい仲になれたら、そのときはきっと知らせるから、そのときまで待ってもらえないかな」

「いいわよ」

おのぶがうれしそうにいう。

「楽しみに待ってるわ」

「ありがとう」

おのぶが膳を夏兵衛の前に戻す。大根おろしにたくあん、梅干し、それに白い飯がのっている。朝からご馳走《ちそう》だ。夏兵衛はうれしくてならない。

すでに鍋《なべ》もそばにきている。中身は大根の味噌汁だ。おのぶが椀《わん》に盛りはじめる。白い指先が生き生きと動く。とても気分がよさそうだ。

味噌のいい香りが鼻の穴に入りこむように漂い、食い気をそそる。

「さあ、召しあがりなさい」

おのぶにいわれ、夏兵衛は箸《はし》を取った。

「おっかさんは食べないの」

「食べるわよ」

「でも箸が」

「あなたが口をつけるのを見ないと、どうにも落ち着かないの」

「ああ、そうだったね」

夏兵衛が家にいるときも同じだった。おのぶは夏兵衛が食べはじめないと、決して箸をつけようとしなかった。

「いただきます」

夏兵衛はすばやく白い飯をかきこみはじめた。

「夏兵衛、もっとよく噛《か》んで食べなさい」

「はーい」

「もう、いつまでも小さな子みたいね」

「俺は成長していないから」

「そんなことないわ。ずいぶんとたくましくなった。お父さんも、びっくりするんじゃないかしら」

「おっかさんも食べなよ」

「そうだったわね」

おのぶも箸を取り、ご飯を口に運びだした。

「おいしい。いいお米をつかっているのね」

「そうかもしれない。お米は和尚にわけてもらっているんだけど、和尚は舌が肥えているから、きっといい米にちがいないんだ」

「そう、白いご飯を食べられるだけで幸せだけど、おいしいお米だと、もっと幸せに感じるわ」

「本当だね」

母と二人の楽しい食事は、あっという間に終わりを告げた。

「ああ、おいしかった」

「おっかさん、ありがとう」

「お礼をいうのは私のほうよ。こんなにおいしい朝餉は、久しぶりだもの」

おのぶが喜んでくれて、夏兵衛は満足この上なかった。

「ねえ、夏兵衛」

おのぶに呼ばれたが、少し声の調子が低くなったのに、夏兵衛は気づいた。

「うちに戻ってこない」

困ったな、と夏兵衛は思った。この問いをされるのが一番つらい。

「お父さんも待っているのよ」

「でも、勘当されたから」

「それは――」

「おっかさん、ごめん。俺は戻れないよ」

「そう」

おのぶが目を落とした。まつげが小刻みに震えている。

第三章　掛川の鉄砲

一

下っ引であることは、告げてある。

だから、いくら豪之助といえども門田屋の者は下手な扱いをしないだろう。

豪之助なりにやってくれればいい。

伊造は、もともとさしたる期待はかけていない。豪之助が自分らしい仕事をしてくれれば、それで十分だった。いや、むしろそうであるのを期待している。

今頃、せがれはなにをしているだろうか。

いや、そんなことはわかりきっている。宿の者から与えられた一室にこもっている。

畳に横たわり、天井でも眺めているのだろう。退屈で死にそうになりながら、鼻毛でも抜いている。わしへの文句を、呪いのように口にしているはずだ。

あいつはいつしっかりするのだろう。

思いはいつも、そこに戻ってしまう。

本当に岡っ引を継ぐ気があるのか。

あるのなら、少しくらいやる気を見せてほしいものだが、今もきっと門田屋をどうやって抜けだすか、その算段を考えているのではあるまいか。

きつくいっておいたから、今回ばかりは逃げだすようなことはしまいとは思うが、果たしてどうだろうか。

もし逃げだしたら、さすがにさじを投げることになるだろう。豪之助が岡っ引になることはない。

しかし、それもせがれにとっていいことなのではないか。岡っ引など、命がいくつあっても足りない生業《なりわい》だ。

わしがこの歳まで生きてこられたのは、運がよかったのと、ほかには、少しばかり思慮があったおかげだ。用心深くないと生き残れない。

せがれには運があるのか。あるのかもしれないが、くだらないことでつかってしまっている。思慮はあるのかもしれないが、今のところ見当たらない。

となると、やつは生き残れないのではないか。岡っ引にするのは、やめておいたほうがいいのか。

だが、やりたいのなら……。

伊造は湯飲みを手元に引き寄せた。手触りのよくない安物だ。茶は苦いだけで、うまくない。

壁を見つめた。薄汚れ、ところどころがはげている。

家に帰ってきたとき、豪之助は呆《ほう》けたような顔をしていた。ややむくんでもいた。どうせいつものように博打《ばくち》をし、大負けしてやけ酒に走ったのだろう。

いってえなにしてやがったっ。思い切り怒鳴りつけたが、豪之助は蛙の面《つら》に小便とばかりに平気な顔で答えた。

そんなに怒るなよ、体にさわるぜ。

わしはそんなにやわにできておらん。

こんなふうに答えたら豪之助の思う壺《つぼ》ではないか、とわかってはいたものの、伊造は口にしてしまった。

そうはいっても、とっつあん、もう歳なんだから。

おまえなんかより、よっぽど若くできているわ。

そうかな、疲れが顔に出ているぜ。

おまえこそ、その間の抜けた顔はなんだ。若さなど微塵《みじん》もないぞ。

そうかな、といって豪之助がつるりと顔をなでる。

大勝ちしたんで、うれしさが出てるだけなんじゃないのか。

大勝ちときいて、伊造はせがれの顔を見つめ直した。嘘をついているような表情ではなかった。珍しいこともあるものだ。十年に一度のことが起きたといっていい。

つまらねえことで運をつかいやがって。

伊造がいうと、豪之助はわかってないなとばかりに指を横に動かした。

おいらの運はこれしきのことで、つかい果たされるようなものじゃねえさ。

わかってねえのはおめえだ、というのはたやすかった。運というのはそういうものではない。

人の運というのは、生まれたときから量が決まっている。博打などでつかってしまえば、その分が減る。世の金持ちといわれる者たちは、できるだけ運をつかわず、貯めこんでいる者がほとんどで、ここぞというときだけにつかっているのだ。だから、運がひらけることがあるのだ。

しかし、豪之助くらいの若い者にそれをいったところで、わかるものではない。運も時も無限だと思っている。

実際、伊造も若い頃はそうだった。だからすぐに話題を変えた。

夏兵衛とは会っているのか。

いや、そうでもないさ。噂話くらいはするけど。とっつあん、気になるのか。

まあな。

やっぱり、鼠苦手小僧じゃねえかって、疑っているんだな。

どうだかな。

伊造は言葉を濁した。せがれといえども、本心を告げる気はない。なにしろ、豪之助は夏兵衛と仲がいいのだ。

相変わらず用心深いなあ。

豪之助が白い歯を見せて笑った。このあたりは母親譲りなのか、柔和で、人を惹《ひ》く笑みをする。

おめえはどうなんだい。

伊造はせがれにただした。

俺か。どうなのかなあ。夏兵衛さんが盗みをはたらくような男なのか、よくわからないからさ。

伊造は鼻で笑った。馬鹿にして見くだしたような笑いをせがれに向けてしてはならないとわかっているのに、つい出てしまう。

豪之助がいやな顔を見せる。

なにがいいたいんだ。

わかっているだろう。てめえには人を見る目がねえ。

そういうのはこれからさ。

豪之助が平然と答える。

経験てものを積んでゆけば、きっと見る目はできるさ。親父だって、若いうちから人を見抜く目を備えていたわけではないんだろう。

伊造は答えなかった。

なら、その経験というものを積ませてやろう。

なんだい。

伊造は、その場で豪之助に仕事の中身を告げた。

淀吉という男が殺された。

宿に訪ねてくる人を待てばいいんだな。

待つだけじゃねえ、つけるんだ。撒《ま》かれるんじゃねえぞ。

へえ、つけるのか、おもしろそうだな。わかったよ。

豪之助はあっさりとうなずいた。全身でにこにこして、新しいおもちゃを与えられた子のようだ。

あの野郎。

伊造は脳裏にせがれの顔を思い浮かべた。

あまりにもあっさりと引き受けすぎたきらいがある。

また逃げだすんじゃねえのか。

危惧《きぐ》はあるが、そのあたりのことも自分のなかではすでに織りこみずみだ。

大丈夫だ、きっとうまくゆく。

伊造は自らに強くいいきかせた。

二

やっぱりやめておいたほうが、よかったかなあ。

畳の上に寝転んで、豪之助は唇をへの字に曲げた。

つまらねえこと、引き受けちまったような気がするぜ。

人をつけるという仕事はいかにも岡っ引らしい。それに惹かれたのだが、しくじりだったのではないか。

つまらねえ、まったくつまらねえ。それによ、と腕枕をして天井を見つめた。

まったく、あの汚さといったらどうだい。

手形や指の跡のようなものが黒いしみとなっていくつもついているだけでなく、全体が蕎麦《そば》つゆでもぶちまけたような色になってしまっている。

いったい全体、どうやったらあんな色になるんだい。本当に蕎麦つゆをかけたんじゃあるめえな。

天井近くの壁もところどころ剝《は》がれており、骨組みの竹が見えている。

あれじゃあ、鼠は入り放題だな。

どこからか鼠の鳴き声がきこえてくるような気がする。

本当にひでえ宿だな。こんなところが江戸にあるなんて、田舎から汗をかきかきやってきた連中に、なんだい、ここはって笑われちまうんじゃねえのか。

やっぱり花のお江戸といわれるくらいなんだから、ある程度の造作を備えているところじゃねえと、宿をやらせねえくらいのことをしてもいいんじゃねえのかなあ。

ここは、いくらなんでもひどすぎるぜ。

豪之助が寝転がっているのは、狭苦しい三畳間だ。一人でいられるからまだいいが、もしここに伊造と一緒だったらと思うと、ぞっとする。きっとまた、小言をいわれ続けているだろう。

それにしてもかゆいな。

背中をぼりぼりとかきつつ、豪之助は起きあがった。

畳を見つめる。古ぼけていて、すりきれだらけだ。使い古した油を垂らしたような色に変わっており、畳らしい青さなどかけらも残っていない。

虫がいるみてえだな。まったく冗談じゃねえぜ。

やっぱり引き受けるんじゃなかったか。こんな汚え宿に押しこめられて、一度も顔を見たこともねえ男を待つだなんて、つまらねえなあ。

しかし、今さら逃げだすこともできない。親父のあのときの顔は、背筋が震えるほど怖かった。

なにしろ伊造は、逃げたら殺す、といったのだ。

あの目は本気だ。

豪之助の背中を、汗ではない冷たいものが流れ落ちていった。かゆみはあっという間に消え失《う》せた。

親父のやつ、と豪之助は思った。まさかこれまで、人を殺《あや》めたことがあるんじゃねえだろうな。若い頃のことはほとんど口にしねえが、さんざん悪いことをしたのはわかっている。この俺を見る目にやさしさがわずかに感じられるのは、今の俺の姿を若い自分と重ねているからだろう。

きっと俺にもできないような悪さをさんざんしてきたにちがいない。

だからこそ、岡っ引を生業《なりわい》にしているのだ。生業にせざるを得なかったといっていいのではないか。

岡っ引というのは、堅気がなれる職ではない。とんでもない悪行を重ねてきた者だけに許される。

なんといっても、犯罪人を探索するのに闇の世界に乗りこんでいかねばならず、そのために、暗黒に満ちた世というものを熟知していなければならないからだ。

そうすると、親父はやはり人を殺しているのか。

考えられないではないが、今はないと信じたい。

人殺しか。俺にできるのか。

いざとなればやれるものなのか。

いや、無理だ。俺にはできねえ。

そうなるとだ、と豪之助は思った。俺なんか、まだまだなにも知らねえひよっこだよなあ。修行が足りないといったところか。

しかし俺には度胸がないからなあ。お里にもいわれたが、臆病《おくびょう》という生き物が着物を着て歩いているようなものだ。

そんな男に果たして岡っ引がつとまるものなのか。

いや、小心こそが生きのびるための道なのではないか。小心者だからいろいろと思案をめぐらせたり、策を練ったりする。

ああ見えて、実は親父はものすごい小心者じゃねえのか。

きっとそうだ、そうに決まってる。

路地から不意に出てきた人によくびっくりしてあとずさっているし、低く飛んできた鳥に驚いているときもある。子犬にいきなり吠《ほ》えかかられて、反対側の垣根近くまで飛びのいたこともある。

それにしても退屈だ。親父の話では、殺された淀吉という男はこの宿を定宿にしており、淀吉をよく訪ねてきていた男がいたとのことだ。

淀吉は小田原の男だったという。どんな男が訪ねてくるのか知らないが、来るならとっとと来てほしい。

待っているのは岡っ引の大事な仕事の一つとはいえ、じっとしているのは、やはり楽ではない。このくらいで音をあげていたのではつかいものになるはずがないが、一刻もはやくあらわれてほしい。

豪之助は心の底から願った。

それに、腹が減った。宿の者が、なにか持ってきてくれねえかな。

豪之助は寝返りを打った。肘枕《ひじまくら》をして、壁を見つめる。

お里に会いてえなあ。今、なにをしているんだろう。店に出ているんだろうか。かもしれない。

ああ、つまらねえ。ほかの男に抱かれているのか。お里のしなやかな肢体が見ず知らずの男におもちゃにされていると思うと、鬱々《うつうつ》とする。

惚《ほ》れたのかな、やはり。

お里に、嫁さんになってほしいといったのは、本心からだ。これっぽっちも嘘偽りはない。

俺はお里に惚れている。

豪之助はもう一度思った。

それにしても静かだな、この宿は。この宿自体、怪しいんじゃねえのか。宿ってのは、もっと人のだす物音や声で騒がしいんじゃないのか。

隣の部屋はなにをしているのか、こちらもひっそりしている。客は出かけているのか。それとも、逗留《とうりゅう》している者はおらず、空き部屋なのか。

どうでもいいことだ。今はひたすらときがすぎるのを待つしかない。

ああ、しかし腹が減った。宿の者が、なにか持ってきてくれねえかな。

豪之助は、ほとんど祈りのように再び思った。

おや。

肘枕をしながら、耳を澄ませる。

今、なにかきこえなかったか。

豪之助は起きあがり、近くの気配を探った。ここは一階の階段奥の部屋だが、今、足音がきこえなかったか。

「ごめんくださいまし」

ひそめた宿の者の声が、破れかけてしみだらけの襖越《ふすまご》しに届く。

やっぱりだ。俺の勘もたいしたものじゃねえか。

「持ってきてくれたんだね」

「はあ」

いぶかしげな声だ。

いけねえ、と豪之助は思った。食い物ではなく、どうやら仕事のほうだったようだ。

「来たのかい」

　豪之助も声を低くしてきいた。

「はい」

　豪之助は立ちあがり、襖を静かにあけた。丈太郎と名乗った番頭が小腰をかがめ
て控えていた。

「いわれた通り、淀吉さんは亡くなった旨、お伝えいたしました」

「どんな顔をしていた」

「それはもう、すごい驚きようでございました」

「芝居には見えなかったかい」

「はい、心底という感じがありありでございました」

　ということは、淀吉殺しの下手人ではないということか。もっとも、もし淀吉を
殺しているのだったら、のこのことこの旅籠《はたご》に訪ねてくるはずもない。

「今、どうしている」

「はい、ちょうど外に出ようとしているところにございます」

「名乗ったかい」

「いえ。こちらもおききしたのですが……」

「そうかい」

豪之助は半身になって部屋を出た。柱の陰に身を寄せて、入口のほうにじっと目を向けた。

確かに番頭のいう通り、土間にいるやせた男が暖簾《のれん》を外に払おうとしている。

「ありがとよ」

「いえ、どういたしまして」

番頭ははらはらしている。豪之助がどうにも頼りなく見えているのか。

豪之助は番頭をにらみつけた。番頭はへっちゃらで、すくみあがるようなことはまったくない。

ちっ。心のなかで舌打ちし、豪之助は土間に向かって歩きだした。

「じゃあな」

懐にしまっておいた雪駄《せった》を取りだし、沓脱《くつぬぎ》に置く。履くや、外に飛びだした。

やせた男は足早に歩いている。はずれといってもさすがに日本橋だけに行きから人は多いが、巧みに人波をすり抜けてゆく感じで、足の運びは並みでないと思わせる。

いったい何者なんだい。まず堅気じゃねえな。

五間ほどのあいだをあけて、豪之助はついてゆく。

しかし、と思った。もうこんなに暗くなっているとは夢にも思わなかった。あんな薄暗い狭苦しい部屋に押しこめられていて、まったく気づかなかった。

意外にときはたっていたということだ。

それにしても、おもしろくなってきたなあ。こうじゃなくっちゃいけねえよ。これでこそ、岡っ引の仕事だ。

男の背中をあまり凝視しすぎないようにしている。そのくらいは尾行の際の初歩のことで、伊造に教えられずとも、豪之助は知っている。見つめすぎると、人というのは感づくものなのだ。

男は背後を気にすることなく、ひょいひょいと楽にかわす形で人波をたやすく縫ってゆく。

豪之助は、ついてゆくのが難儀だった。

ただ者じゃねえや。

しかも夕闇は濃さを増し、人の顔も見わけがたくなっている。じきに提灯《ちょうちん》が必要になってくる。実際に灯《とも》している者も目立つようになっている。

これ以上暗くなったら、まずいな。

豪之助はもう少し距離を縮めておこうと、やや足をはやめた。

次の瞬間、男がすっと右の路地に入りこんだ。

豪之助は慎重に路地の入口に近づき、慎重にのぞきこんだ。

あれ。

声が出そうになったが、かろうじてこらえる。

男が消えていた。路地の左手に新たな路地が口をあけているのを見て、豪之助はあわてて駆けつけた。

しかし、男の姿はどこにもない。数名の職人らしい男たちが遠ざかってゆくのが、十間ほど先に見えるだけだ。薄黒い布でも垂らしたように濃くなってゆく闇が、あたりを深々と包みこんでいる。両側に続く塀が急に高くなったように思え、豪之助は圧倒されそうになった。

しっかりしろ。

自らを叱咤《しった》する。塀は塀にすぎない。たいした高さじゃないじゃないか。

まだ右手に路地があるのに気づき、豪之助はそこものぞきこんでみた。

やはり同じで、男どころか、人けはまったくない。
まずいな。
焦燥の炎が全身を覆い、背中が熱くなってきた。
まずい、まずいぞ。こいつは大きなしくじりだ。
はやく見つけださないと。
豪之助は駆けまわって、男を探し求めた。
しかし、見つからない。
どうしよう。どうしよう。
豪之助は途方に暮れ、頭を抱えた。
親父に合わせる顔がない。きっと思い切り怒鳴りつけられるだろう。
いや、怒鳴られるくらい、なんてことない。今はなんとかしないと。
じっとしていられず、豪之助は再び駆けだした。

三

やはり撒《ま》きやがった。

豪之助が撒かれることは、伊造には織り込みずみだった。だから、驚きはまったくなく、むしろ自然なことだった。

やはり、あのやせた男は悪党なのだ。

それにしても、豪之助はなにをやっているのか。男を見失って、また闇雲に走りはじめたが、あんなことをしていったいなんになるというのか。

わしにまかせておけ。

豪之助に伝えたかったが、今はよけいなことだ。そんなことをすれば、豪之助の二の舞になってしまう。

豪之助には伝えていなかったが、伊造も旅籠の門田屋に部屋をもらっていたのだ。そこで豪之助と同じときをすごしていた。

しかも豪之助の隣の部屋だ。豪之助が動けば、それとわかるところだった。

路地に姿を消したあの男は、二つ目の路地の塀の上に腹這《はらば》いになっていただけだ。焦りに焦っていた豪之助の瞳《ひとみ》には、その姿は映らなかっただろう。

豪之助をやりすごした男が、なに食わぬ顔をして最初の路地を通って道に戻ってきた。

豪之助はどこかに行ってしまった。夜がさらに深まってきたなか、せがれにできることといえば、しょんぼりと家に帰ることだけだろう。

男が悠々と提灯に灯《あか》りを入れ、肩をそびやかして歩きだす。

伊造は警戒し、距離を取ることにまずは専心した。およそ半町は離れたのを見計らい、そっと路地を抜けだす。

さて、このわしを撒けるかな。

伊造は、前を行く男と対決している気分だ。高揚している。

いい気分だぜ。

こうして得体の知れない男を尾行していると、岡っ引という生業《なりわい》は天職だったのだなあ、と納得するしかない。それくらい、生き生きしている。

わしには、ほかにやれる職というのはあったのだろうか。

いや、あるまい。わしは岡っ引しか能のない男だ。ほかにやれるものがあるはずがない。だからこそ天職なのだ。

だが、天職天職とあまりに浮かれていると、しくじりを犯してしまう。気を引き締めなければならない。

伊造は、身なりは職人らしくしている。下を向き、猫背になってとぼとぼと歩いてはいるが、さほど歩調が遅くならないように注意している。かといって、あまり相手に近づくのもいいことではない。そのあたりの加減がむずかしい。

男は足早だが、伊造は決して歩く調子を合わせはしない。そんなことをすれば、必ず覚られる。

すでに夜は江戸の町を完全に支配し、伊造は提灯を灯している。

男は小田原提灯だが、あれはなかなかいい目当てとなっている。夜の尾行にはありがたい。

江戸では提灯を持たずに夜間、歩くのは法度だ。あの男はそんなつまらないことで町方の世話になりたくないのだろう。

やはり悪党なのだ。

すでに一町近く、男とは離れているが、伊造の鍛えあげられた目に、男の姿はしっかりと映っている。一度も視野からはずれたことはない。

男がこちらに気づいたそぶりは一切ない。尾行はうまくいっている。その確信が、伊造には根を張ったようにある。

やがて、男が背後をちらちらと気にしはじめた。

素人目にはわからないだろうが、左右に小さく首を振る回数が明らかに増えたことで、そうと知れた。

巣が近いのか。

ややそわそわしつつ男は、新《あたら》シ橋《ばし》を渡って、神田に入った。

伊造は半町ほどまで距離をつめ、橋を越えて男に続いた。

神田も人が多い。日本橋にくらべて、雑多な感じがする。酔客もかなり目につくようになっている。

二つばかり角を曲がり、やがて、やせた男は一軒の店の前で足をとめた。

あそこなのか。

伊造は手近の路地に身をひそめ、男をうかがった。路上に漏れこぼれた提灯の明かりがやつから見えないように、体を盾にして提灯を覆う。

距離は半町を保っている。

しばらくその場にとどまったのち、男は再び歩きだした。

ちがうのか。つまりあれも用心ということか。あの店が隠れ家と見せかけて、ついてきている者がいないか確かめたのだろう。

なかなかやるな。

伊造は舌を巻きかけたが、いったいどれだけの悪党なのか、知りたくてならなくなっている。あの用心深さは、筋金入りの悪党ゆえだろう。

さらに一度、二度と男は角を曲がった。伊造は提灯《ちょうちん》を消し、家並みや木々のつくる陰を選んで歩いている。

男がせまい路地に入った。追ってゆくかどうか、伊造は迷った。

勘が追うな、と告げている。伊造はそれにしたがった。

こちらも路地に入りこみ、じっと動かずにいた。

不意に路地から影が躍り出た。あの男だ。提灯を消している。おそらく背後を探っていたのだろう。

首を一つ振り、提灯を灯《とも》した男がいきなり駆けだした。

ちっ、気づかれたか。

伊造はどうするか、思案した。

追ったほうがいい。

勘が伝えてきた。

だが走るな。

伊造はこれまで通り、陰から陰を伝うように歩いた。

男は結局、半町、走ったところで唐突に足をとめた。首を振り向かせ、背後をうかがっている。

すでに伊造は路地に隠れている。

男はさらに一町ばかり進んで、立ちどまった。目の前の店らしい家に近づく。

ここは、と伊造は思った。神田佐久間町《さくまちよう》ではないか。

男は左右をうかがい、近くに人影がないのを確かめてから、がっちりと閉まっている戸を叩《たた》いた。

のぞき窓があいたのが、細い光がわずかにこぼれたことから知れた。

くぐり戸がなかに引かれ、男はすばやくなかに姿を消した。

男がくぐり戸に身を入れてすぐには、伊造は店の前に行かなかった。

半月が空に浮いている。半月に雲がかかり、それが取れた直後、またのぞき窓があいたのがわかった。

やはりな。

知恵くらべに勝ったような気分だ。豪之助につけられたことで、やせた男だけでなく、あの店の者も相当に用心しているはずなのは、考えるまでもなかった。

伊造は場所だけ覚えて、明日の朝にでも、なんという店なのか、見に来るか、と考えた。そのくらいの用心は、こちらもしてもよさそうに思えた。

しかし、今確かめたいという誘惑にあらがえなかった。慎重に店に近づき、月にうっすらと照らされている屋根を見つめた。立派な瓦屋根《かわらやね》だ。扁額《へんがく》がかけられている。闇は深いが、そこかしこから漏れこぼれる灯りで、十分に読み取ることができた。

ほう、飛脚問屋かい。

考えもしなかった。だが、納得のいくところもある。

あの男は飛脚なのか。だから、足の運びが並みではないのか。

そうなのかもしれねえぞ、と伊造は強く思った。

目の前の飛脚問屋は、輸本屋《ゆもとや》といった。

四

今度、手習をすっぽかしたら、どうなるか、わかっているんだろうな。

参信和尚にいわれたが、夏兵衛にそのことを守る気はない。

木に縛りつけられた夏兵衛が襲われたことで、参信は同じことを二度とできないだろうからだ。

それを見越してこうしてまたも手習を休むのは男として恥ずべきことのような気

もするが、やはり郁江に会いたい気持ちのほうが強い。

それよりもだ、と暗い空を見あげて夏兵衛は思った。どうして襲われたのか、そのことを知りたい。

あの男はいったい何者なのか。どうして俺の命を狙ったのか。

さして場数を踏んでいないのに、そういう者がなぜ、塀を越えて巻真寺に乗りこんできたのか。

またやってくるだろうか。それはわからない。が、また来ると考えていたほうがいい。油断は禁物だ。

しかし、今日は寒いな。

歩きつつ夏兵衛は身を縮めた。厚く綿が敷きつめられたように空一面に雲が一杯で、太陽はどこにいるのかわからない。陽射しがないだけでなく、冬が一歩一歩確実に近づいているというのも、この寒さの理由だろう。

思い切り背伸びして眺めてみれば、地平の向こうに冬の神さまの姿が見えるんじゃねえのかなあ。

そのくらい冬がそばに来ているのが実感される。

もうじき背伸びなんかしなくても、冬の神さまがそこにいるっていうのがわかる日がくるんだよなあ。

厚い雲にがっちりと閉めきられたように風はほとんどないが、ときおり天の扉があいて、そこから冬の神さまが息を強く吐いたかのように強く吹きこんでくることがあり、それがこのまま凍えてしまうのではないかと思えるまでの冷たさをともなっている。

寒いなあ。いやだなあ。とっとと春になっちまわねえかなあ。

しかし、まだ冬がきてもいねえのに、春を望むのはどうかしているなあ。

しかしいやなものはいやだからな。

このままじゃ、と夏兵衛は着物を見おろした。あたたかい着物を買わなきゃ、とても冬は越せねえぞ。

あたりを行きかう人はいつものことながら多いが、雨に降りこめられるように、寒さに押しこめられている人も決して少なくないのではないか。

いつもより人通りが寂しく感じられるのは、きっとそのためだろう。寒さが苦手な人は、江戸では珍しくないのだ。

そのことが、夏兵衛にはどうしてか心強く感じられた。一人ではない、という思いからかもしれない。

今日はいるかな。

夏兵衛は郁江の面影を脳裏に描く。

ああ、きれいだなあ。

最近は抱くことができないが、それでもいい。今は、顔が見られれば十分幸せだ。いや、むしろそのほうがうれしい気がしている。どうしてだろうか。

おとといは会えた。今日は会えるだろうか。

郁江のことを思うだけで、気持ちが豊かになる。こういう思いはほかの女性《にょしょう》には抱いたことがない。

それでも浮かれすぎないように、あたりには厳しい目を配っている。油断して、うしろからばっさり、なんてことにならないようにしなくてはいけない。自分をつけ狙っているのは少なくとも二人はいる。甲州屋の若い用心棒と消える剣を遣う侍だ。

もしまた同じ男が襲いかかってくるとしたら、今度はきっと躊躇《ためら》いはするまい。腕は相当なものだった。その男がためらわずに斬るとなれば、相当やばくなるのを覚悟しなければならない。

幸い、今のところは付近に怪しい人影はないし、気配も感じられない。殺気のようなものも漂っておらず、背筋に寒けが走るようなこともない。

今はつけられてもいないし、狙われてもいないと考えていいのではないか。

でも俺の勘だからな、あまりあてにはならんぞ。

もしかすると、こちらの様子をじっとうかがい、油断を見せる瞬間を狙っていることも考えられる。

夏兵衛は気を引き締めつつ、歩いた。

やがて、目当ての長屋の木戸が見えてきた。

木戸をくぐって、路地を進む。朝がまだはやいこともあり、井戸端で洗濯している女房衆の脇を、挨拶《あいさつ》して通りすぎる。じろじろと無遠慮な目が顔や体に突き刺さる。

へえ、いい男ねえ。そうね、なにより若いのがいいわ。体もがっちりしてるし、いいわねえ。おとめさん、相変わらずねえ、頑丈そうな男が好きねえ。あなたの好きなやせよりずっといいわよ。

歳を取ると、女ってのはほんとに変わってくるなあ。江戸の女だけなのかなあ。なにより強いからな。

でも、俺のおっかさんはちがうな。

夏兵衛は、郁江と有之介の姉弟《きょうだい》が住む店《たな》の前に立った。

あの人、郁江さんのところに用事なんだ、どんな用かしら。もしかして、郁江さんのいい人かしらね。どうかしら、私たちと同じ町人だから、郁江さんの人探しに関係ある人かもしれないわよ。ああ、そうかもしれないわね、若さにない渋さはそういう仕事をしているからかしら。

女房衆がささやき合っているが、声を抑えることができないために、まるっきり筒抜けだ。

それにしても、俺が渋いか。ちょっと笑ってしまうな。

残念ながら、郁江さんの男には見えないようだ。まさか、あの女房たちは、金を稼ぐために郁江さんが鴨下でなにをしていたか、知ってはいないのだろうか。

いや、郁江さんが漏らすはずがない。

いるだろうか。

おとといと同様、胸が痛いくらいになってきた。

「有之介さん」

夏兵衛は腰高障子を軽く叩《たた》いた。

「俺だ、夏兵衛だ。いるかい」

なかで物音がして、土間にほっそりとした人影が立った。

いてくれた。夏兵衛はうれしくてならないが、胸の痛みはまったくおさまらない。むしろ強いものになっている。

腰高障子がそっと横に引かれた。

「夏兵衛さん」

郁江が小さな笑みを見せてくれた。ただ、その表情にはどこか困惑している様子が見受けられる。

「迷惑だったかい」

夏兵衛は、こちらに興味津々の目を向けている女房衆の耳に届かないように、小声できいた。

「いえ、迷惑だなんて、そのようなことはありません」

郁江が口を閉じる。

「出かけるところだったのかい」

「ええ」

「木下留左衛門を探しに」

「はい」

夏兵衛は、郁江の肩越しに有之介を見つめた。

布団のなかで上体だけを起こし、目が合うと、ていねいに挨拶《あいさつ》してきた。夏兵衛は、おはよう、と返した。

「具合はどうだい」

「すこぶるいいですよ」

有之介がにっこりと笑う。その笑顔を見て、郁江もほっとしたようにほほえむ。

ああ、きれいだなあ。

夏兵衛は見とれた。

「夏兵衛さん、口を閉じないと」

有之介にいわれ、えっ、と夏兵衛は唇に触れた。

「ああ、ほんとだ。こいつはだらしないね。江戸っ子の名折れだ」

夏兵衛は顎《あご》をなでて、照れ笑いした。

「姉上」

有之介が郁江を呼んだ。

「夏兵衛さんについていってもらったら、いかがでしょう」

「えっ」

郁江が驚きの顔になり、それから控えめな視線を夏兵衛に当ててきた。

「夏兵衛さんに、手伝ってもらうというのですか」

「はい、そういうことです」

有之介が深く顎を引く。そのあたりはきりっとして、いかにも武家の子らしい。

「でも……」

郁江が戸惑う。

「夏兵衛さんは江戸っ子です。姉上がこれまで足を踏み入れられなかったところまで、案内してくれますよ」

いかがです、という目で、有之介が夏兵衛を見る。有之介は、夏兵衛に手伝ってもらうことで、郁江との距離が縮まったら、と考えてくれているのだ。姉を思うその心遣いはありがたく、夏兵衛は熱いものがこみあげてきた。

「まかせておいてくれ」

夏兵衛は胸を拳《こぶし》で叩いた。太鼓のようにいい音が響く。一瞬、有之介がうらやましそうな顔をした。

夏兵衛は胸板が厚い。元気になればすぐにこうなれるよ、と声にださずに告げた。通じたようで、有之介がうなずき、笑みを見せた。

その笑いには、はかなげなものがあり、夏兵衛の心はちくりと痛んだ。

「本当によろしいのですか」

郁江が案じ顔できく。

「もちろん。郁江さんがいやでなければ。行きたいところ、どこへでも案内する。大船に乗った気でいてもらってけっこう」

夏兵衛は、自分でも大仰と思える言葉を吐いた。

「はい、ではよろしくお願いします」

郁江が深く腰を折る。

「いや、郁江さん、そんなにかしこまる必要はないよ」

夏兵衛は郁江の顔をのぞきこんだ。

「じゃあ、さっそく出かけようか」

「はい」

五

郁江と歩けば、天気がよくなるのではないか、と思ったが、そういうことはなく、厚い雲は空によどんだままだ。先ほどより風が強くなってきたから、雲が取れてもよさそうなものだが、碇《いかり》でも下げているかのように雲は頑として動こうとしない。

「寒いね」

夏兵衛は、うしろをついてくる郁江に声をかけた。

「さようですか」

郁江が不思議そうな声をだす。夏兵衛は首を振り向かせた。

「郁江さんは寒くないのかい」

「はい、さほど。あたたかいとは申しませぬが、寒いとは思いません」

そうか、と夏兵衛はいった。

「郁江さんの故郷は寒いところなんだな」

郁江がにっこりと笑う。

「いえ、そうでもありません」

「えっ、そうなのかい」

「はい。むしろあたたかなところです」

「どこなのかきいてもいいかい」

郁江がにっこりと笑う。

「それはまたのお楽しみということにしておきましょう」

「いいだろう」

かたかった郁江の顔が、花のつぼみがほころぶようにだいぶ和やかなものになっている。いいことだな、と夏兵衛は思った。もともと何度も肌を合わせたことがある女だが、そういうのは今は関係ない。知り合って間もない男女そのもので、これからどうやって親しくなってゆくか、互いのなかに期待があるような気がする。

いいことだな。

夏兵衛は再び思った。

「それで、郁江さん、どこへ行くんだい」

「木下留左衛門は、遣い手です。ですので、今は剣術道場を主にまわっています」

江戸に剣術道場は、いったいいくつあるのか。数え切れないほどあるのは、まちがいない。

留左衛門の姿を求め、一つ一つ当たっているのだ。夏兵衛は頭が下がる思いだった。

「郁江さんはすごいな」

「すごくありません」

あっさりと否定した。

「武家として当然のことです。有之介も、体さえ強ければ、きっと同じことをしているはずです」

「そういうものなのか」

江戸に幕府がひらかれて以来、天下太平の世が続き、今は田沼意次《たぬまおきつぐ》が老中として権力を握っており、どこか侍というものが柔弱《にゅうじゃく》に流れているような気がするのだが、やはり本物の武家というのはいつの世にもいるものなのだ。

「剣術道場以外に、ほかに当たっているところはあるのかい」

「ええ」

歩を進めつつ郁江がうなずく。

「木下留左衛門は、鉄砲に実に詳しかったのです。それで、鉄砲のことをよく知る人のところにも足を運んでいます」

「鉄砲に」

「ええ」

郁江はそれ以上、話さなかった。

その言葉通り、郁江は剣術道場や学塾などの看板を見ると、躊躇《ちゅうちょ》することなく足を踏み入れ、そこの者たちに話をきいてゆく。

郁江を見てまぶしげな顔になる男たちは、少しでも役に立ちたいと思うのか、必死になって木下留左衛門のことを思いだそうとしてくれる。ほとんどの者が、留左衛門の人相書に火がつかんばかりの目を浴びせる。

すごい威力だな。

郁江が人相書を所持していたことも意外だったが、それ以上に郁江の美しさが効力を発揮している。

この分なら、木下留左衛門の居どころをつかむことなど、造作もないのではないか、と思えるほどだ。

しかし、午前中はなにも得ることなくすぎていった。

「郁江さん、おなかが空《す》かないかい」

「はい、空きました」

「郁江さんはなにか食べたいものがあるのかい」

「これを持ってきました」

懐から小風呂敷《こぶろしき》の包みを取りだす。

「おにぎりかい」

「はい」

包みには、小さなおにぎりが二つばかり入っているにすぎないように見えた。

「じゃあ、どこかで座って食べようか」

「あの……」

「わかっているよ。俺はどこかで食い物を買うから、心配しないでいいよ」

「すみません」

「いや、本当にいいから」

夏兵衛は玉子焼きの屋台を見つけた。

「郁江さんは、玉子焼きは好きかい」

「……はい」

「じゃあ、郁江さんの分も買おう」

「でも」

「一人より二人で食べたほうが、ずっとおいしいから」

夏兵衛は、適当に二人分になるくらいの量を買った。焼き立てで、やわらかだ。

鮮やかな焼き色がついており、ほくほくと湯気が立っている。

「こいつはうまそうだ」

本当に唾《つば》が出てきた。

夏兵衛は隣の屋台で饅頭《まんじゅう》も買った。

二人で目についた神社の境内に入り、本殿の階段をあがって回廊に腰かけた。

「ああっ」

夏兵衛が悲鳴をあげると、どうしました、と郁江が驚いてきいた。

「ああ、いや、板が冷たくて、尻《しり》が冷えたんだ」

「ああ、なんだ」

ほっとした顔になる。穏やかな笑みを浮かべている。

「じゃあ、食べようか」

玉子焼きには、割り箸《ばし》をつけてもらっている。それを郁江に手渡した。ありがとうございます、と郁江が受け取る。

夏兵衛は玉子焼きをほおばった。元気のいい鶏が生んだ卵をつかっているようで、味にこくがあって、口中にほんのりと広がる香りもすばらしい。

玉子焼きを一気に口に詰めこんだから、それを見た郁江が目を丸くした。

「すごい」

「これが江戸っ子の食べ方なんだよ」

「本当ですか」

「うん、たいがい気の短い人が多いから、ちびちび食べてられるかいってことで、こういう食べ方にどうしてもなるんだ」

「そうなんですか」

郁江が小風呂敷をひらき、竹皮包みを取りだした。竹皮包みには、かわいらしいおにぎりが二つ並んでいる。塩むすびだ。

「お一つ、どうぞ」

「いや、いいよ」

さすがに夏兵衛は遠慮した。

「そういうわけにはいきません。それに、二人で食べたほうがおいしいっておっしゃったのは、夏兵衛さんですよ」

「ああ、そうだったね」

夏兵衛は目を細めて顎《あご》を引いた。

「じゃあ、遠慮なく」

手を伸ばし、すぐにむしゃぶりついた。咀嚼《そしやく》すると、塩のおかげで米の甘みが増すようだ。

「ああ、うまい。塩がきいてて、生き返る感じだなあ」

郁江がいきなりおにぎりを口に詰めこむようにした。口が小さいから、いくら饅頭のようなおおきさのおにぎりといっても、だいぶ苦しそうだ。

「大丈夫かい」

夏兵衛は背中をさすってやろうとしたが、そこまでしなくてもよいことに気づいた。

「は、はい……もう大丈夫です」

郁江はのみこんだ。

「無茶するなあ」

「でも、夏兵衛さんの召しあがり方があまりにおいしそうだったので」

「そうか」

意外にひょうきんなところもあるんだなあ、と夏兵衛はうれしかった。距離が少し縮まった気がする。

「郁江さん、楽しそうだね」

郁江が苦笑気味に眉《まゆ》を曇らせる。

「仇《かたき》を持つ身で、楽しいなんて、いけないのかもしれないですけど、やっぱりここは江戸なので」

そういうものなのか。

夏兵衛は納得した。郁江にも花のお江戸という気持ちはあり、江戸での暮らしを楽しみたいという思いもまたあるのだ。

「武家として仇を討つのが最も大事なんだろうけれど、やっぱり、張りのある暮らしというものがあってはじめて、仇探しの余裕もできる。今の郁江さんで、俺はいいと思うな」

ありがとうございます、というふうに、郁江が頭を下げる。

二人はその後、玉子焼きと饅頭をたいらげた。

「ああ、うまかった」

夏兵衛は子をはらんでいるかのように、いとおしげに腹をなでた。

「ああ、おいしかった」

驚いたことに、郁江が同じ仕草をしてみせた。

「――郁江さんて、そういうところがあるんだね」

「おいやですか」

「とんでもない」

夏兵衛は顔の前で両手を大きく振った。

「そういうところも大好きだ」

郁江が照れたように下を向く。そのあたりのうぶな感じは、身をひさいでいた女とはとても思えないものがある。

「すごく明るくなったんですよ」

顔をあげた郁江が唐突にいった。

「なにが」

郁江が口に手を当て、くすりと笑いを漏らす。

「ごめんなさい。私、誰が、というのを抜かしてしまう癖があるんです」

そうなんだ、と夏兵衛は相づちを打った。

「でも、誰のことかわかったよ。有之介さんだね」

「その通りです。あの子、夏兵衛さんが訪ねてきてくれるようになって、とても元気になってきました。私、うれしくてなりません。夏兵衛さん、ありがとうございます」

郁江が頭を下げる。目が潤んでいるように見えた。

「いや、郁江さん、俺はなにもしちゃいない。だから顔をあげてほしい。でも、有之介さんが喜んでくれるんだったら、これからも遊びに行かせてもらうよ」

「ありがとうございます。よろしくお願いいたします」

「前にもいったけど、そんなにかしこまることはないよ」

「はい、承知いたしました」

「まだちょっとかたいけど、まあいいか」

「はい、もっとやわらかくなるようにがんばります」

「がんばる必要はないんだけど……」

いい機会かな、と夏兵衛は思った。表情を引き締める。

「郁江さん、ききたいことがあるんだけど、いいかな」

「はい、なんなりと」

黒々とした二つの瞳《ひとみ》が、じっと夏兵衛を見る。

「木下留左衛門が姉さん夫婦の仇ということだけれど、留左衛門はいったいどうして姉さん夫婦を」

「それですか」

郁江が目をあげ、境内を見渡した。こぢんまりとした神社で、人はおらず、ただ冷たい風だけが吹き渡っている。巻きあがった砂埃《すなぼこり》が、磨きあげられたようにすり減っている石畳のところで断ち切られたように消え、また別の場所に姿をあらわした。

夏兵衛は空を眺めた。いつしか雲が切れはじめ、ぽつりぽつりとだが、南のほうに青いところが見えている。そのあたりの空の色は淡く、青いというより、水色といったほうがいい。ようやく出口を見つけたようにそこから日が射しこんでおり、いくつかの光の筋をつくっていた。

「二人は……」

そこで言葉をとめて、郁江は階段を見つめた。ものいわぬ姉夫婦の遺骸《なきがら》を思いだしているのか、暗い目をしている。無理せずともいいよ、と夏兵衛はいおうとしたが、その前に郁江が続けた。

「斬殺《ざんさつ》されたのです」

やはり刀で殺られたのだ。夏兵衛はうなずいた。

「私たちは遠州掛川《えんしゅうかけがわ》の者です」

掛川というと、関《せき》ヶ原《はら》の合戦の前、のちに土佐《とさ》一国を領することになる山内一豊《やまのうちかずとよ》が、一時在城していたことで知られている。

今の城主は誰だったか。確か、五万石だったはずだ。頭をめぐらせた夏兵衛はすぐに思いだした。

「太田《おおた》さまのご家中だね」

「はい」

太田家といえば、ここ江戸にはじめて城を築いたことで名のある太田道灌《どうかん》でよく知られた家だ。室町時代に生まれた武将で、鎌倉公方《かまくらくぼう》に仕えた扇谷《おうぎがやつ》上杉《うえすぎ》家を支え続けた武将である。のちにあるじの上杉定正《さだまさ》によって闇討ちに遭い、命を落とした。定正の屋敷の風呂場《ふろば》でのことといわれている。

太田家が掛川に入ったのはそんなに昔ではないはずだ。今の当主は資愛《すけよし》というが、掛川城主としては二代目だろう。英明であるという話がしきりに耳に入ってくるのは、資愛が若年寄をつとめているからにちがいない。

幕府内の派閥のことはよくわからないが、田沼意次とはどういう関係なのか。おそらく良好なのだろう。これからも出世を重ねていきそうな勢いを、夏兵衛は資愛に対して感じている。

「私どもは由永《よしなが》といいます」

郁江がどういう字を当てるのか、教える。

「珍しい姓だね」

「だと思います」

鴨下で郁江がお由岐と名乗っていたのは、この姓から一字を取ったのか。

「太田家の家中では、由永家は鉄砲方《てっぽうがた》をつとめていました」

「へえ、鉄砲か」

夏兵衛はこれまで一度も手にしたことはない。古物を扱っている店で、数回見かけたことがある程度だ。

夏兵衛は郁江を見つめた。もしや撃てるのだろうか。

夏兵衛の凝視の意味を覚ったらしく、郁江がほほえみながらかぶりを振った。

「私は駄目です。有之介は体が元気になれば、かなりやると思います」

「へえ、そうなのか」

有之介はか細い体つきだが、骨はしっかりしている。肉さえつけば、力はあるにちがいない。鉄砲方として、きっと筋はいいのだろう。

「木下留左衛門は、我が屋敷より、伝来の家宝を奪ってゆきました。そのとき、姉夫婦は殺されたのです。私と有之介が無事だったのは、有之介が日当たりのいい離れで療養しており、そのときたまたま私は有之介の看護をしていたからです」

「そうだったのか。……家宝というとなにかな」

「鉄砲です」

郁江が間髪《かんはつ》を容《い》れずに答える。

「伝来の家宝なら、価値は相当あるんだろうね」

「はい、この世でただ一挺《ちょう》の鉄砲ですから」

「ただ一挺か。なにかいわれでも」

「およそ百七十年前につくられたものときいています」

となると、戦国の頃の鉄砲ということになる。実戦でつかわれたのだろうか。きっとそうにちがいない。

「一人の天才がつくりあげた鉄砲です。今もよく手入れされ、新品同様の状態を保っていました」

「天才というのは、郁江さんたちの先祖に当たる人かい」

「そうではありません」

郁江が穏やかに否定する。

「一人の天才の鉄砲職人がつくりあげ、それを先祖が大枚を払って、手に入れたと伝わっています」

手を軽くあげて郁江がどうして先祖が入手したか、その理由を説明する。指先まで真っ白な手が、しなやかに動くさまは美しく、見ていて実に心地よい。

「戦国の頃、私どもの祖先は鉄砲足軽でした。太田資武《すけたけ》公という武将の下で働いていました。資武という武将は、神君家康《いえやす》公の次男である結城秀康《ゆうきひでやす》公にしたがっていらっしゃいました」

結城秀康か、と夏兵衛は思った。知っている。豊臣秀吉《とよとみひでよし》の養子となり、偏諱《へんき》をたまわって秀康と名乗った。その後、下総《しもうさ》の結城家に養子に入った。そのあと秀康は結城家を出て徳川《とくがわ》家に帰り、さらに越前《えちぜん》へと移った。越前で病を得て、死んだとなにかの読み物に記されていた。

「資武公の下で働いているとき、先祖は必死に手柄をあげようとしたらしいのですが、うまくいかなかったようです。もともと鉄砲の腕はよかったらしいのですが、妻の勧めにしたがって、いい鉄砲を買おうと一念発起しました」

山内一豊の名馬の話に似ている。一豊の妻がなにかの折りにと大事に持っていた金で名馬をあがない、馬揃えの際、その馬が織田信長《おだのぶなが》の目にかなって、見事に加増されたという逸話である。

「先祖はいい鉄砲を探しまわりました。それで、ついに手に入れたのが、近江国友《おうみのくにとも》村《むら》の出で、一人、山中で鍛冶《かじ》として腕を振るっていた男の鉄砲でした」

一人山中でか、と夏兵衛は思った。天才らしく、偏屈だったのかもしれない。

「最初はなかなか売ってもらえなかったようです。何度も通って、ようやく手に入れることができました」

「苦労したんだろうね」

「そうなんでしょう。そのとき先祖は主家から一年ばかりの暇《ひま》をいただいて、これぞという鉄砲を探したそうですから」

「鉄砲を手に入れたご先祖は、そのあとどうしたの」

「太田資武公のもとに帰参しました。大坂の陣にもしたがい、大きな手柄をあげたようです。大きな加増があり、鉄砲方の頭にまでなりました」

「じゃあ、その鉄砲が役に立ったんだね」

「でも、先祖がその鉄砲によって多くの人たちの命を縮めたと思うと、素直に喜べないような気がします」

「それは仕方ないだろうね。やらなければ殺されるのはこちらだろうし、なにより手柄を立てるというのが正義の時代だったのだろうから」

「そうなんでしょうね」

静かに郁江がいった。

「結城家を出た秀康公は越前松平《まつだいら》家を興《おこ》し、その家は秀康公のとき七十五万石までになりました。その後、次第に減封《げんぽう》されて、そのときの先祖が松平家を離れたようです」

「なるほど」

その手の話はよくきく。

「それで先祖は伝《つて》を頼り、掛川の太田家に仕えたようです。鉄砲頭というわけにはいきませんでしたが、無事に鉄砲方に奉公がかないました」

そいつはよかったね、と夏兵衛はいった。郁江たちの先祖は禄《ろく》を離れてさぞ不安だっただろう。いい大名家に仕官ができて、心からの安堵《あんど》を覚えたにちがいない。

「天才がつくったくらいだから、その鉄砲はほかの鉄砲とはちがうんだね。ご先祖が大坂の陣で手柄をあげられたのも、その鉄砲がものをいったんだね」

はい、と郁江が大きく顎《あご》を引く。瞳《ひとみ》がきらきらして、まるで目のなかに太陽が輝いているようにすら感じられる。

「なんといってもすばらしいのは、三町先の標的に楽々的中させることができるということです」

「三町だって」

びっくりして、夏兵衛は声をひっくり返らせた。

「そいつはすごい」

「はい、私もそう思います。ふつう、いい鉄砲といわれるものでも、二町の距離を標的に当てるのが精一杯でしょう」

それよりもまだ一町も遠い距離を当てることができる。いったいどんな形をした鉄砲なのだろう。

夏兵衛はそのことをきいた。

「いえ、うちの屋敷にはほかの鉄砲も置いてありましたが、それらとさほど差はありません。強いていうなら、筒が若干長いくらいでしょうね」

「そういうものなのか。天才がつくれば、ふつうに見えるものでもちがうということかな。郁江さん、それは誰が手にしても、三町先の的を当てられるのかい」

「いえ、さすがにそれはありません。やはり鉄砲に習熟したものでないと駄目でしょう。私は三町先の的に的中したのを目の当たりにしたことはありません」

「そうなのか」

「はい、鉄砲の腕を買われて我が家に婿入りした義兄も駄目でした」

「義兄《にい》さんというのは婿なんだね。有之介さんという男子がいるのに、婿を取ったのかい」

「はい、有之介は幼いときから病弱で、長じても出仕できないだろうといわれて、それで父が決断しました。その父もとうに亡くなりました。母もです」

郁江と有之介は、この世に残されたただ二人きりの姉弟《きょうだい》ということになる。

「郁江さん、木下留左衛門はそれだけの鉄砲が必要だったから、奪ったのだろうか」

「夏兵衛さんは、木下留左衛門がそういう殺しの方法を考えているのではないか、とおっしゃるのですね」

「うん」

「有之介もそのことはいっていました」

誰かを殺害する。そのこと以外に用いられることはないのだろう。

木下留左衛門はいったい誰を狙っているのか。

だいぶ長いこと話をきいてきたが、夏兵衛にはまだ疑問がある。

「姉さん夫婦を殺したのが木下留左衛門であると、どうしてわかったの」

一つを口にした。

そのときを思いだしたか、郁江が眉根《まゆね》を寄せ、ぎゅっと唇を嚙《か》み締める。郁江の無念さが伝わってきたが、こういう表情もまた美しい。

「私が有之介の看病をしていたのは先ほどお話しした通りですが、悲鳴がきこえ、あわてて外に飛びだしてみると、庭を門へと駆けてゆく木下留左衛門の姿があったのです。鉄砲の入った袋を担いでいました」

「木下留左衛門というのは、太田家のご家中の者かい」

「ちがいます」

郁江がきっぱりと首を横に振った。

「よそ者です。鉄砲のことを学んでおり、そのために義兄に近づいたようです。掛川城下に居を借り、そこで暮らしていました。義兄も気に入ったようで、二人は仲よくしていました」

「そのときすでに、留左衛門は家宝の鉄砲のことを知っていたんだね」

「それを奪うために、義兄に近づいてきたのだと思います」

「木下留左衛門というのは、本名なのだろうか」

「それは、私も考えました。有之介も同じです」

郁江がうつむく。射しこんできた日が郁江の首に当たり、さらさらとしたうぶ毛を金色に光らせている。

「でも、仮に偽名だとしても、ほかの名は知りませんから」

「そうだね」

夏兵衛は言葉短く答えた。

「木下留左衛門を追って江戸に出てきたのはどうして。留左衛門が江戸の者であると、わかっていたのかい」

「そうであるという確証があるわけではありません。木下留左衛門は、江戸から来たといっていました」

「そうか」

「言葉も江戸のものであるように、私は感じました。私たちは在所の者ですから、江戸には憧《あこが》れがあります。そういう者たちは、江戸の話をとにかくききたがるものです。木下留左衛門は私たちの求めに応じて、いろいろと話してくれました。江戸に関して、あの男はひじょうに詳しかった」

「そうだったのか」

夏兵衛は郁江に顔を向けた。郁江がじっと見ており、その眼差《まなざ》しに熱いものを感じて、どきりとした。

夏兵衛は咳払《せきばら》いした。

「留左衛門とは何度も会っているんだね。人相書も見事な出来だったし。留左衛門は、掛川にどのくらいいたの」

「およそ三ヵ月でしょうか」

「そんなにいたんだ」

「たっぷりとときをかける必要があったからだと思います」

「というと」

「やはり家宝ですから、そうはたやすく人に見せるわけにはまいりません。義兄と相当親しくならない限り、触れるどころか、見ることすらできなかったでしょう」

「その鉄砲のことは、あまり人に話すこともなかった」

「はい、むしろ秘密にしていました。あとから太田家に仕官がかなった者ということもあり、由永家の鉄砲について、知る者はほとんどいなかったと思います」

夏兵衛のなかで新たな疑問が生まれた。

「となると、留左衛門はどこで家宝の鉄砲のことを耳にしたんだろう」

「それがわかりません。ただ、有之介がいうのには、軍記物などで、大坂の陣のことを描いたものがあるそうです。そのなかに、三町先の軍兵を次々に倒した鉄砲を記したものがあるらしいとのことなんですが、その書物の名はなにかわかっていいません」

「古い書物なのかな」

「だと思います」

夏兵衛は洒落本《しゃれぼん》や滑稽本《こっけいぼん》は好きだが、軍記物はあまり読んだことがない。戦国の昔のことを知りたいと思うが、どうしてか軍記物にはなかなか手が及ばない。

「もしその軍記物がそんなに古いものでないとしたら、どうして家宝が知られたのかわかるかもしれないんだが」

郁江が夏兵衛を見つめる。

「作者が、誰が持っているか調べあげたということですね。木下留左衛門はその作者を当たった」

「木下留左衛門は、作者を訪ねているんじゃないのかな。由永家の家宝のことを教えるくらいだから、作者は留左衛門と親しいのかもしれない。そうでないとしても、どういう者かは知っているかもしれない」

郁江が顔を輝かせる。熱々の鍋《なべ》を食べた直後のように、赤い頬をしている。

「その作者を当たれば、いいんですね」

「そういうことかな」

郁江が無念そうに唇を噛む。

「どうしたの」

「いえ、どうしてこのことに今まで気づかなかったのだろうと悔しくなってしまって。闇雲に剣術道場や学問所、私塾を当たっても、木下留左衛門をなかなか見つけだせないのだから、もっとそういうことを考えるべきでした」

郁江が夏兵衛をじっと見る。ほっとしたような表情をしてみせた。

「有之介のいう通りでした。夏兵衛さんと一緒に町に出て、正解でした」

「俺のこんなつたない頭でも、役に立てたようでよかったよ。でも郁江さん、まだなにもわかっていないいんだよ」

「はい、そうでした」

夏兵衛は腹をさすってみた。この名も知らない神社に長居したこともあり、腹はだいぶ落ち着いている。これなら、歩きはじめても体に障りはあるまい。

夏兵衛はあらためて境内に目を向けた。日が照りはじめてあたたかくなってきている。それに惹《ひ》かれたのか、年寄りの夫婦が参道を歩いてくるのが目に入った。

「ちょっと歩こうか」

「そうですね」

郁江が小風呂敷《ぶろしき》を畳んで、懐にしまいこんだ。夏兵衛は玉子焼きや饅頭《まんじゅう》の包みをまとめようとしたが、その前に郁江の手が動いて、それらを手ばやく片づけた。おにぎりが入っていた竹皮包みと一緒に、それらも懐にしまう。

「すまないね」

「いいんです」

郁江がうれしそうに笑う。

二人は、夫婦とすれちがった。夏兵衛と郁江は挨拶《あいさつ》した。にこやかに笑い合って、こんにちは、と夫婦は穏やかに返してきた。

それだけのことだったが、夏兵衛は幸せなものを感じた。郁江も同じように思ってくれただろうか。

俺たちも、と夏兵衛は強く願った。今の夫婦のように、仲よく寄り添って生きてゆきたいものだ。

第四章　半殺し

一

　今、思い返してみても、意外な気がしてならない。

　昨夜、飛脚問屋の輸本屋を突きとめ、伊造が家に帰ってしばらくしたときだ。豪せがれの豪之助だ。

　豪之助は疲れ果てて戻ってきた。

　外はひどく寒いのに、汗まみれだった。頬が、病人のようにげっそりとこけていた。憔悴《しょうすい》という言葉がぴったり当てはまり、あのやせた男を見失ったことで、どれだけ豪之助が焦り、気に病んだか、一目でわかる顔つきをしていた。正直、伊造もかわいそうな気がしたものだ。やりすぎたか、と後悔の思いが心をよぎった。

　疲れ果ててはいたものの、豪之助は心を決めたような表情をしており、伊造の前にまっすぐやってきて、静かに正座した。その様子を、出迎えた妹のおりんが大きく目をみはって見ていた。

豪之助は、おとっつあん、すまねえ、撒《ま》かれちまった、と両手をそろえ、額を畳にすりつけて詫《わ》びたのだ。畳を濡《ぬ》らすものがあり、伊造はあわてて顔をあげさせた。幼い頃から嘘泣きはよくしていたが、この涙に嘘はなかった。

涙ながらに豪之助が事情を説明しようとするから、どういうからくりだったのか、伊造はせがれに告げた。

撒かれるところを伊造に見られていたとき、豪之助は激怒したのだ。そのままどこかにぷいっと姿を消し、昨夜は戻らなかった。

今、どこにいるのか。またいつもの店に行き、女将《おかみ》に慰められながら、やけ酒を飲んでいるのか。

意外だったのは、豪之助があれだけ必死に男の姿を探し求めたことだけではない。伊造に対し、怒ったことだ。

あれだけ怒るとは、不思議な気がした。

ふにゃふにゃしているだけの男かと思っていたが、骨があったということか。それとも、ようやく骨ができつつあるのか。

とにかく、ようやく男の片鱗《へんりん》をみせつつあるのだ。岡っ引を継ぐにはまだまだ細すぎる骨だが、鍛えれば骨だってきっと太くなってゆくだろう。

伊造としては、怒らずに下っ引の仕事に励んでほしかったが、まあ、今日のところは仕方あるまい、とあきらめている。明日、また手伝ってくれればいい。

伊造は今、神田佐久間町にいる。町屋と町屋のあいだの路地にひそんでいた。

今日は、小間物売りの格好をしている。こういう行商人への変装というのはお手のもので、昔から得意にしている。顔馴染《なじ》みの者に会っても、あまりにはまりすぎていて、ほとんど見破られたことがない。

箱に荷物を入れ、その上に腰をおろして輸本屋のほうをそれとなく見ている。暇を潰《つぶ》している小間物売りというふうに行きかう人が見てくれることを祈り、平然と煙管《キセル》をふかしている。

ふだん煙草は吸わないが、こういうときに備え、さまになる吸い方になるように鍛錬はしている。

ずっと昔、煙草をやらない者が煙草を吸っていて、町奉行所の手の者と見破られて、張りこみが露見したことがある。どうして張りこみがばれたのか、のちに賊どもがとらえられてわかり、伊造はそれから煙管の吸い方、火の付け方などに習熟することに熱意を燃やした。

盛大に煙を噴きあげて、伊造はちらりと西へと目を向けた。

西へ半町ほど行ったところに、飛脚問屋の輸本屋がある。

人の出入りはけっこう多い。手紙を託しに来る人がほとんどのようだ。

飛脚問屋として、かなりはやっているのはまちがいない。神田ということで、場所もいいのだろうが、人々に信用されているにちがいない。

どのみち悪人の巣窟《そうくつ》となっているのだろうが、飛脚問屋を表向きの顔として裏で悪さをしているとは、誰も思わないのではないか。

豪之助を撒いたあの男。店で働いているのか。

見に行きたいが、こちらの正体が露見するかもしれない。岡っ引というのは、堅気とは異なり、目がちがう。裏街道をひたすら進んでいるはずの輸本屋の者に見られるのは、少々怖い。

やめておいたほうがいいだろう。店にいるのなら、またきっとあらわれる。

昨日、激怒した豪之助が家を出ていったあと、伊造は町方同心の滝口米一郎の屋敷に赴いた。

屋敷に住む女中のお久芽《くめ》から茶をもらい、米一郎に輸本屋の話をした。

お久芽は女中といっても、すでに内儀も同然だ。八丁堀《はっちょうぼり》にある他の吟味方の同心の家からやってきて、住みこんでいる。米一郎にもらってほしいとお久芽の家の者は考えており、米一郎も了承している。就寝の際、すでに同衾《どうきん》しているはずだ。じきに、お久芽は女中から米一郎の妻になる。そのときがはやくやってこないか、伊造は指折り数えて待っているようなものだ。楽しみでならない。きけば、お久芽は米一郎より一つ年上で、幼なじみなのだそうだ。それならば、米一郎が尻《しり》に敷かれているのも当然だろう。昔から二人はそういう序列になっており、それが今も続いているにすぎない。

米一郎は五年前、出産のとき、生まれてくるはずだった子とともに妻を亡くしているが、お久芽という女性がいれば、きっとその悲しみも癒《い》えてゆくにちがいない。お久芽を滝口屋敷に入れた者も、そのことを願っているのだろう。

輪本屋について、残念ながら米一郎は知らなかった。これまで犯罪に引っかかってきたことは一度もないとのことだ。だからこそ、伊造も輪本屋という店があることを、知らなかったのだ。

ときおり、怪しげに見える男が出入りすることがある。もっとじっくりと顔を見たいが、近寄れないのがもどかしい。

思い切って近づいたほうがいい結果を生むかもしれないが、町方が目をつけていることを知らせるほうが、今は怖いような気がしている。

近づきたい衝動を伊造は、心の腕で押さえつけている。

耐えろ。

耐えれば、きっとなにかつかめる。それをひたすら待てばいい。

どのくらいたったものか、伊造はさすがに疲れを覚えはじめた。煙草を吸い続けているせいで、口のなかがべたついてきた。気持ち悪い。茶でも飲んで、口を洗い流したいが、近くに茶店はない。

仕方なく、荷物をといて、小間物売りらしく、品物を板の上に並べてみた。驚いたことに、三人の娘が寄ってきて、品物の吟味をはじめた。

小間物売りに変装するためだけといっても、本物らしくしていないと、すぐに見破られるので、商品も小間物屋から仕入れた本物をつかっている。

儲《もう》けるつもりはないが、あまりにうつつの値とかけ離れていると、怪しまれるだろうから、小間物屋から仕入れたときにすべての値段を帳面に書きとめた。それを頭に叩《たた》きこんで、伊造は小間物屋に扮《ふん》している。

そうこうしているうちに、三人の娘はあれこれ品物を手に取って互いに甲高い声で話をはじめた。盛んに伊造に値段をきいてくる。伊造はいちいち正確に答えた。

安いわねえ、と一人がいい、伊造はどきりとした。

「そんなに安いのかい」

「安いわ。ほかの行商の人より、一割は安いんじゃないかしら」

「一割か、よかった」

「どうして喜ぶの」

「あまり安くしすぎると、うらみを買うんだよ」

「そういうものなの」

「そういうものさ。でも、仕入れに関しては、おじさんもいろいろと力を入れているから、お客さんに安くできるっていうのもあるんだけどね。ろくに力も尽くさないで、ぐだぐだいうなっていいたいんだけど、いっても角が立つからね」

「なんにしろ、安くしてくれるのはありがたいことだわ」

「それにおじさん、なかなか趣味がいいわ。私たちがほしがるような品物、そろえてあるもの」

「そうかい、そいつはよかった」

伊造は顔をほころばせた。品ぞろえに当たっては、娘のおりんの助言を容《い》れたのだ。それがうまくいったのは、いつものことながら喜ばしくてならない。

結局、娘三人には、おしろいと櫛《くし》、簪《かんざし》が売れた。

三人とも、いそいそとうれしげな足取りで道を歩いていった。腰や尻のあたりの肉づきが三人ともよく、最近の娘は伊造の若い頃とちがってなかなかむっちりした者が多いような気がするが、勘ちがいか。

伊造は、自らの頬にぴしゃりと平手をくれた。

まったく、なにをにやついてやがんだ。馬鹿じゃねえのか。こんなのをせがれに見られたら、どうすんだ。手本にならなきゃいけねえってのに。

息をととのえてから伊造は、ちらりと輪本屋のほうに目を投げた。

おや。

つぶやきが口から漏れる。

向こうから歩いてきて、輪本屋に入っていった男の顔に見覚えがあるような気がしたのだ。

勘ちがいか。

いや、そんなことはあるまい。遠目だが、確かに見覚えがあった。わしの目に狂いはない。

あれは誰なのか。ずいぶんと軽い足取りだった。この前、豪之助を撒《ま》いたやせた男に足取りはそっくりだ。

どこで顔を見たのか。

地面に目を落とし、集中して考えてみたが、わからない。まったく頭に浮かんでこない。

くそっ、なんてめぐりの悪い頭だ。

最近感じてばかりいることを再び思い知らされ、伊造は舌打ちしたくなった。唾《つば》も吐きたかったが、そんなことは小間物売りとしてやってはならないことだろう。

だが、あの人相の悪さは見覚えがある。どこかで会っているからだ。

くそっ、どこだ。

もう一度、顔を見れば思いだすだろうか。いや、同じだろう。

なにかきっかけがあれば、思いだすかもしれない。

なにかきっかけがほしい。

やつが店を出てきたら、つけるしかあるめえよ。きっと正体を暴く手がかりがつかめるにちがいない。

はやく出てこねえものか。

いや、焦るな。

伊造は自らにいいきかせた。焦るのは、岡っ引として最悪のことだ。今すべきことは、ひたすら待つ、それだけだ。

また伊造の前に客が来た。今度はやや歳がいっている女だ。やせており、まるで鶴が着物を着ているかのように見える。目は細く、きつねを思わせるものがある。その割に胸は豊かで、着物を前に押しだしている。飲み屋で働いているような化粧疲れのようなものが見受けられる。

もし今、やつに外に出てこられたら、まずいな。

伊造は、ちらちらと顔を輪本屋に向け続けた。

「おじさん、どうしたの。ずいぶん落ち着きがないわねえ」

「えっ、そうかい」

伊造は頭をかいた。よくない兆候だ。こんな女にそわそわしているところを見破られてしまうなど。

「いや、ちょっと小便をしたくてさ。歳を取ると、近くなるものだから」

「今日はちょっと寒いものね」

「ああ、そうだね。寒さも年寄りにはこたえるんだよ」

「そうよね」

遠慮のない口調でいい、女が一本の簪を手に取った。

「これ、ちょうだい」

「ありがとうございます」

財布を取りだした女は、伊造がいう代を支払った。

「おじさん、安いわね」

「そうかい」

「ええ、このあたりじゃはじめて見る顔ね。縄張にしたの」

女がうかがうような目をしている。

もしや、と伊造は思った。この女も輸本屋とぐるじゃねえのか。

警戒の雲が心にわく。

「いや、そういうわけじゃないけど、一度くらい神田に来てみたかったんだ」

「いつもはどのあたりで商売しているの」

「本郷のほうだ」

「じゃあ、割合近いのね。今度はいつこっちに来るの」

「気が向いたらだよ」

「ふーん、気楽そうで、うらやましいわ。私、お店やっているの。すぐ近くの田貫《たぬき》って煮売り酒屋よ。よかったらいらしてね。安いし、おいしいわよ」

「ああ、気が向いたらね」

「じゃあね」

女は新しい簪を大事そうに手にして、去っていった。尻《しり》が弾むように動いている。

伊造は見とれかけた。

いけねえ。わしはいったいなにをしているんだ。

また輪本屋に目を流した。

むっ。

見まちがいではないかと、伊造は目に力を入れ直した。

だが、まちがいない。さっき暖簾《のれん》を払っていったあの男が出てきたのだ。あまり見つめすぎないようにする。感づかれてはならない。顔を別の方向に向けて、男をさりげなく見たが、やはり見覚えがある。

どこでなのか。

男はこちらのほうに足早に歩いてきた。まっすぐ顔を見たかったが、そういうわけにはいかない。ちょうど二人の女客がやってきて、おしろいを手に取りはじめた。

「いかがですかい」

伊造は笑みをつくり、勧めた。

「お安くしておきますよ」

「どのくらいにしてくれるの」

伊造は代を告げた。

「よそより少し安いわね。でもおじさん、このあたりじゃ見ない顔よね」

またもいわれた。となると、引きあげどきか。輸本屋の連中も、気にしているかもしれない。

二人の女は、おしろいを買ってくれた。

男が道を通りすぎていったのが、横目で知れた。

「ありがとうございます」

伊造は一際大きな声でいった。女客が路地を出てゆく。

伊造は手ばやく商品を片づけ、箱にしまいこんだ。箱を担ぎあげる。

路地から顔をだし、男がどこをあるいているか、確かめる。

えっ。

道に男の姿はなかった。かき消えている。近くの路地を曲がったのかもしれないが、そうではないのではないか、という気がしてならない。

伊造は、いやな予感を胸に抱いた。まさか覚られたのではあるまいな。

いや、十分に考えられる。それしか考えられない。

覚られるなど、ここ十年ではじめてではないだろうか。

やはり歳なのか。いや、それ以上に気づかれていたのではないかと思えることが、心に激しい衝撃を与えている。

立っていられないほどだ。背負っている箱が、急に重みを持って迫ってきた。

二

しばらくその場に立ち尽くしていたが、いや、こんな姿を誰にも見せちゃいけねえと、思い当たり、無理に体を叱咤《しった》して伊造はきびきびと動きはじめた。姿を見失って衝撃を受けたことなど、誰にも感づかせてはならない。特に輸本屋の者には。

だが、気づくのにおそすぎたきらいがある。もうとうに、わしの正体は見抜かれたのではあるまいか。

今日は引きあげるしかあるまい。

伊造は静かに箱を背負い直した。品物を大事にしない行商人など、偽者にしか見えないだろう。

　これもおそすぎるかもしれないが、しないよりもましだ。

　このまままっすぐ家に帰る気はない。そんなことをすれば、こちらの居どころを教えてしまうかもしれない。そうなれば、おりんの身にも危険が迫ることだって考えられる。それだけは避けなければならない。

　伊造は商売をするようなふりをしながら、いろいろな道を歩きまわった。足を運びつつ、背後には特に気をつかった。

　だが、怪しい気配は感じられなかった。それでも用心を怠らないようにした。尾行の達人がついているかもしれない。

　もっとも、どんな達人がつこうとも、こちらが用心に用心を重ねていれば、尾行している者は必ずわかる。

　あっ。伊造はぎくりとした。昨夜のあのやせた男も、まさにそうだったではあるまいか。

　わしの尾行は、はなから気づかれていたのではないだろうか。

　今日、こんな小間物売りのなりをしてあらわれたことに、輸本屋の者たちは鼻で笑っていたのではないだろうか。

屈辱で、背中が火であぶられたように熱くなる。

くそう。

伊造は唇を嚙《か》んだ。強く嚙んだが、血が出るようなことはなかった。同じようなことを何度も経験し、たこのように唇もかたくなっているのか。

伊造はさりげなく背後を見た。やはりなにも感じない。つけられていない。今はそう思うことにした。

だいぶ日が傾いてきて、あたりは薄暗くなりつつある。行きかう人たちの顔も、見わけがたくなってきている。

うしろから数名の子供が歓声をあげて近づいてきて、あっという間に伊造を抜き去っていった。

そのときも伊造は用心を忘れなかった。子供と一緒に走り寄ってきた者に、背後からずぶりとやられるのは勘弁してもらいたい。

結局、日が落ちてしばらくしてから、伊造は家に戻った。本郷の町に入る前に、用心しすぎるほど用心した。細い路地に入ったり、急に大通りに出てみたり、不意に駆けだしてみたりしたが、ついてくる者などいなかった。

家の近所でも同様のことをしてみた。

やはり結果は同じだった。

家に入り、居間に腰をおろしたときは、さすがにほっとした。

「疲れているみたいね」

夕餉《ゆうげ》の支度をしているおりんが案じ顔でいった。

「そうかい」

伊造は顔をつるりとなでた。

「こういう商売をしていれば、いろいろとあらあな」

「そうなんでしょうね」

おりんは軽い口調でいったが、心配顔に変わりはない。

「夕餉はすぐできるのか。腹が減って、我慢できねえ」

「おなか、空《す》いてるんだ」

「ああ、ぺこぺこさ」

少しは安堵《あんど》した表情になって、おりんが台所に引っこんだ。

それを見送ってから、伊造は輸本屋にやってきた、あの見覚えのある男とどこで会っているのか、思いだす努力をはじめた。

わからねえや。

伊造は胸でつぶやき、畳の上にごろりと横になった。

徹底してあの男のことを調べるしかねえが、どういう手立てがあるのか。

わからねえ。疲れすぎているのか、それとも自分の正体が輸本屋の者たちにばれているのではないかという恐れが心を占めているせいなのか、頭が働いてくれない。

「どうした、とっつあん」

豪之助がいきなり居間に入ってきた。伊造はぎくりとしたが、顔にはださない。

「なんだい、なに目を丸くしているんだ。いきなり俺がやってきて、びっくりしたみてえだな」

伊造は起きあがった。せがれの顔を見る。いきいきと血色がよく、機嫌はどうやらよさそうだ。

「そんなことはねえ」

伊造は素っ気なくいった。

「あるさ。とっつあんは、意外に小心者だからよ」

「なんだと」

「そんなにすごまなくたっていいよ。しかし顔だけは相変わらず怖《こえ》えな」

豪之助が首を振り振りいう。

「とっつあん、なにを考えていたんだい。うなっていたけど」

「おめえにいうことじゃねえ」

「輸本屋から出てきたあの男かい」

「なに」

伊造は目を光らせた。豪之助がびくりと身を引く。

「そんなにおっかない顔をしなくたっていいよ。俺はせがれだぜ。とっつあんの大事な跡取りだ」

「別に大事でもねえ」

「とっつあん、無理するなよ」

「そんなことより、おめえ、どうして輸本屋を知っているんだ」

「知りたいかい」

豪之助がにやりと笑う。

「怒っちゃいけねえよ。とっつあんをつけていたんだ」

「なんだと」

「昨日のお返しさ。とっつあん、悪く思わねえでくれよ」

伊造は泣きたくなった。こんな男の尾行に気づかないなど、もう岡っ引はやめたほうがいいのではないか。

「しかしとっつあんもざまあ、ねえな。あっさりと見失っちまったじゃねえか」

伊造は豪之助を見つめた。

「あの男、つけたのか」

「つけようと思ったけど、やめておいた。どうせ撒《ま》かれるからね」

「そいつは、おめえらしくもねえ、いい判断だったな」

「おめえらしくもねえってのは余計だけど、俺もいい判断だったって思ってる」

「ああ、つけるのはたやすいが、思いとどまるのはなかなか骨だからな」

伊造はあらためて豪之助に目を当てた。

「それでおめえは、どこでなにをしていたんだ。わしと同じで、ずっと突っ立っていたのか」

「まあ、そんなものさ」

そうかい、といったが、伊造は落胆を隠せない。わしが見失ったと知ったとき、つける以外になにかしようという気にはならなかったのか。

「とっつあん、なにを落ちこんでいるんだ。大丈夫だって、あんたのせがれはそんなに出来は悪くねぇよ」

豪之助が懐から一枚の紙を取りだした。それを畳に広げる。

「これは——」

伊造は目をみはった。

「どうだい、よく似ているだろ」

「ああ、そっくりだ」

紙には、伊造の見覚えのある男の顔が描かれていた。まるで息をしているみたいに、表情がある。

眉《まゆ》が薄く、目はびた銭を貼りつけたようにまん丸だ。唇は分厚く、鼻はひしゃげている。顔は面長だが、顎《あご》は新たな骨をくっつけたようにがっしりとして大きい。

あれ、と伊造はぼそりと口にした。

「どうしたい」

「いや、今……」

「この男のことを思いだしかけたのかい」

「ああ」

「その顔じゃあ、思いだせなかったみてえだな」

どういうことなのか。伊造はもう一度、男の人相をじっと見つめてみた。

しかし駄目だった。やはり歳のようだな。

「この絵は、誰の手だい」

伊造は豪之助にただした。

「俺さ」

豪之助が誇らしげに自らを指さす。

「おめえだと。おめえに、こんな才があったのか」

「ああ。俺も絵は苦手だと思っていたし、絵心なんかかけらもないと思いこんでいたんだけど、こうして人相書だけはうまく描けてびっくりしちまったよ。はじめてのことだ。まるで神さまが乗り移ったみたいな心持ちだったよ」

「神さまか。なんにしろ、わしもびっくりだぜ。しかし、こんなに似ているなら、思いだせそうなものなんだが……」

伊造は鬢《びん》をがりがりとかき、今度は人相を口にだしていってみた。

「あっ」

「思いだしたのか」

「ああ」

伊造は立ちあがった。廊下に出る。ちょうど膳《ぜん》を運んできたおりんと鉢合わせしそうになった。きゃっ、とおりんがかわいい声をあげる。

「大丈夫か」

「えっ、ええ」

おりんが啞然《あぜん》としたように見ている。

「出かけるの」

「ああ、飯は帰ってきたら食う。置いといてくれ」

伊造は廊下を走った。うしろで足音がする。豪之助がついてきていた。

「なんでおめえも来るんだ」

「とっつあんの大事な跡取りだからさ」

豪之助が小さく笑っていった。

「それに、とっつあんが思いだしたのは、俺の絵のおかげだろ。俺がついていって、悪いってことはないだろう」

提灯《ちょうちん》に火をつけ、伊造が向かった先は、もうとうに隠居した元例繰方《れいくりかた》の男が住む屋敷である。八丁堀にあり、着いたときには伊造は息も絶え絶えだった。

大丈夫かい、とっつあん、と豪之助が気づかったが、おめえなんかとは鍛え方がちがう、とむげなくいってくぐり戸を叩いた。

「すみません、こんな刻限に二人で押しかけて」

「いいよ。どんな刻限でも、客は歓迎さ」

伊造たちを客間に招き入れて、隠居はにこやかにいった。名を白石十郎《しらいしじゅうろう》といい、博識ぶりは八丁堀でも指折りだ。昔の事件のことでいろいろきいているうちに、白石十郎とは親しくなった。

「それにしても、せがれと一緒というのはうらやましいなあ」

十郎が、心の底の思いを吐露するようにいった。

「すみません」

伊造は頭を下げた。

「別に謝ることはない。うちの子が四人とも女だったのは、別に伊造のせいではないからな」

三人の娘がすでに片づき、末娘が一人、屋敷に残っている。この末娘が婿を迎え、この屋敷のあるじになることになっている。しかし、まだ縁談がまとまったという話はきいていない。

「それで、今宵《こよい》はなんの用かな」

「こいつです」

伊造は、豪之助が描いた人相書を畳の上で広げた。豪之助は伊造のうしろに控えた。一瞥《いちべつ》した限りでは、神妙な顔をしていた。

「どれどれ」

十郎が行灯《あんどん》を近くに持ってくる。明るくなったところで、真剣な目を落とす。

「見覚えがあるような顔だな」

「あっしもそうなんです」

「となると、人相書かな」

「えっ」

十郎がにやりと笑いかける。

「おまえさん、ちと耄碌《もうろく》しはじめたんじゃないかね」

「さいですかね、やっぱり」

「冗談さ」

十郎が顎をなでさする。

「人相書といったら、こういう絵ばかりじゃないだろう」

「あっ」

「そうさ、文字だけというのも数多くあるじゃないか」

「手配書ですね。じゃあ、この男は……」

「ああ、手配書に書かれた男なんじゃないかな」

「そうだったのか」

伊造は呆然《ぼうぜん》とつぶやいた。

「この男は……」

十郎がじっと見る。まるで真剣で対峙《たいじ》しているかのような目の厳しさだ。

「ちょっと待っておくれよ」

襖《ふすま》をあけて、十郎が出ていった。

「どうなんだろう」

うしろから豪之助がささやきかけてきた。

「おわかりになったのかな」

「わしはそうじゃねえかとにらんでいる。なにしろ物覚えのよいお方だ。わしはいつも驚かされていた」

「だったら、とっつあん、どうしてもっとはやく来なかったんだい」

「それか」

伊造は鼻の下を軽くかいた。汗がたまっていた。

「あのお方と話すと、自分の頭の悪さを思い知らされるからだ」

「なるほど」

末娘の紀美江《きみえ》がやってきて、どうぞ、と茶を置いてくれた。畳の人相書を見たが、なにもいわなかった。

「こいつはありがてえ」

豪之助がさっそく手をつける。

「馬鹿、手をだすんじゃねえ」

手の甲をぴしりとやった。

「痛え」

「痛えじゃねえ」

「でも伊造さん、飲んでください。遠くから走ってきて、喉《のど》が渇いているのではありませんか」

「はあ」

「本当に遠慮はいりませんから」

紀美江はていねいに一礼して出ていった。

「じゃあ、いただくか」

伊造はいかにも高価そうな湯飲みを眺めてから、口をつけた。茶にはほっとするうまさがあり、気持ちがやわらいだ。

「ああ、うめえ」

あまり熱くはいれてなく、豪之助は一気に飲み干したようだ。

「いい香りの茶だなあ。こんなの、いつも飲みてえもんだな。とっつあん、家にも置かねえか」

「てめえで買え」

伊造がいったとき、廊下を渡ってくる足音がした。襖が横に滑り、十郎が戻ってきた。

「待たせたな」

「いえ」

十郎が伊造の前に正座する。

「これだろう」

手にしていた一枚の紙を、豪之助の描いた人相書の横に置く。文字だけが書かれた手配書だ。

二十六歳、色浅黒く、目大きく、眉《まゆ》細し。唇厚く、鼻筋通らず、歯並び悪し。せい高く、少し太り候。

「そっくりのような気がしますけど、二十六歳には見えませんでした」

「おいおい伊造、しっかりしてくれよ。今から二十年前の手配書だよ」

「ああ、さいでしたか」

　となると、今は四十六。ぴったりだ。

「この男は、なにをしたんですか」

　うしろから豪之助が十郎にきいた。遠慮のない口で、伊造はひやりとした。

「馬鹿、おめえが口をだすな」

「かまわないよ、若いときは、好奇の心のかたまりなんだから」

　十郎が説明する。

「もう二十年前の話だが、この男は母と子という二人を連れて、箱根の関所破りをしたんだ」

「じゃあ、こいつは関所破りを生業《なりわい》にしているってことですかい」

「そうだ。親子はとらえられて獄門になった。だが、男のほうは逃げおおせた」

　箱根か、と伊造は思った。根津門前町で斬殺《ざんさつ》された淀吉は小田原に住む、箱根の木こりだった。

つながった、と伊造は太い綱をたぐり寄せたような手応《てごた》えをつかんだ。

三

三町先の的を当てる鉄砲か。

そんなものがこの世にあるとは、夏兵衛は夢にも思わなかった。

「でも、あの鉄砲には秘密があるのです」

ついさっきまで一緒にいた郁江は、歩きながらいったものだ。

「どんな秘密だい」

秘密ときいて夏兵衛は、そばに誰もいないのに声をひそめた。

「それは、長屋に帰ってからお話しします」

おにぎりに玉子焼き、饅頭《まんじゅう》を食べた神社をあとにしたのち、夏兵衛たちは軍記物を当たるために本問屋を虱潰《しらみつぶ》しにした。

しかし大坂の陣の際、三町先の敵を倒した鉄砲放ちの話が載っている軍記物を知っている本問屋の店主は、一人としていなかった。

それで、日暮れ前に夏兵衛は郁江と一緒に長屋に向かったのだ。

「お帰りなさい」

有之介が元気よく出迎えてくれた。調べのほうはいかがでしたか、と興味津々の顔でたずねてきた。

夏兵衛はまず、ほとんどの事情を郁江からきいたことを告げた。

「はい、姉上はお話しするだろうと考えていました」

「そうか」

夏兵衛は、布団の上に起きあがっている有之介の前に正座した。

「膝《ひざ》を崩してください」

夏兵衛は有之介の言葉に甘えた。

「今日はなにもつかめなかったけど、有之介さんのおかげで、これまでとちがった方向を調べられそうだよ」

どういうことなのか、夏兵衛は有之介に説明した。

「ああ、なるほど」

布団の上で有之介が膝をはたいた。ぱしんといい音が響いた。

「それは気づかなかったなあ。さすがに夏兵衛さんですね。それがしが期待しただけのことはあります」

夏兵衛は顔をしかめた。

「でも、今日は残念ながら、本問屋めぐりをしただけで終わってしまった」

「夏兵衛さん、初日からうまくいくはずがありませんよ。探索というのは、苦労を積み重ねたのち、ようやくうまく転がりだすものですから」

夏兵衛は目を丸くした。

「有之介さん、ずいぶん詳しいじゃないか」

有之介が照れたようにうしろ頭をかく。

「知ったようなことをえらそうにいって、すみません」

「いや、別に謝らなくてもいいよ。それよりも――」

夏兵衛は、台所で夕餉《ゆうげ》の支度をはじめた郁江を見た。米を研ぎ、湯をわかし、まな板で蔬菜《そさい》を切りはじめている。甲斐甲斐《かいがい》しく働くその姿は、とても美しく見えた。

やっぱり郁江さんはいいなあ、と心の底から思う。

「それよりも、なんです」

有之介がきいてきた。見とれていた夏兵衛ははっとして顔を向けた。

「そうだった。お姉さんからきいたのだけど、例の鉄砲には秘密があるらしいね」

有之介が郁江に目を転じる。郁江が包丁を持つ手をとめ、こちらを見ていた。弟にうなずいてみせる。

有之介が郁江にうなずき返す。それから夏兵衛を見た。

「お話しします」

有之介が、背後に置いてある文机《ふづくえ》に手を伸ばした。引出しをあけ、油紙に包まれたものを取りだした。

「これですよ」

「なんだい」

油紙は紐《ひも》でがちがちに縛られており、たやすく開封できないようになっている。

「今、ご覧に入れますよ」

有之介が手際よく紐をといてゆく。油紙を取り、中身を取りだす。

夏兵衛の目には、古ぼけた巻物のように見えた。そのことを有之介にいった。

「ええ、夏兵衛さんのおっしゃる通りです。これは巻物です」

有之介が巻物をとめてある紐をくるくると巻き取り、静かに布団の上に置いた。厳かな手つきだ。

ゆっくりと巻物をひらいてみせる。紙はすでに醤油《しょうゆ》で煮だしたような色に変わってしまっている。

さほど長い巻物ではない。なにか細かな文字が記されている。漢字だろうか。

「それは」

「呪文《じゅもん》とのことです」

「呪文……」

行方知れずになった二人の僧侶《そうりょ》の道賢と舜瑞は、呪詛《じゅそ》医師だった。何者かが呪詛をさせるために、二人をかどわかした。その何者かが誰なのか、いまだにまったくわかっていない。

呪文などときくと、どうしても呪詛のことに頭がいく。

「なんと書いてあるの」

「それがよくわかりません」

「有之介さんでもわからないのか。——俺に見せてくれるかい」

「ええ、どうぞ。でも、古い紙ですから、破かないように注意してください」

「承知した」

夏兵衛は慎重に手に取り、巻物に目を落とした。いつの間にかそばに郁江が来ていた。いい香りがし、夏兵衛は頭が冴《さ》えるような気がした。

「ええっ、有之介さん、これが読めないのかい」

手習で最初に習うような漢字が並んでいるのだ。

『土、八、口、又、可、女、生、日、立、言、人、日、糸、皮……』

この調子で、誰にでも読めるような漢字が延々と続いている。

「もちろん読めますよ。でも、意味するところがさっぱりです」

「ああ、確かに……」

全部で何文字あるのか、夏兵衛は数えてみた。三度、数えてみた。

「二百六十六かな」

「ええ、合っています」

「そのまま読んでいけばいいのかな。たとえば、土なら『つ』、八なら『は』みたいな形で……」

「それがしもその読みはしてみましたが、まるで意味が通りません」

「漢字同士をくっつけて、一つの漢字にするというのは」

「それもしてみましたが、うまくいきませんでした。それがしのやり方がまずいだけかもしれませんが」

夏兵衛は顎《あご》をなでさすった。

「呪文とのことだけれど、これが例の鉄砲とどういう関係があるのかな」

「鉄砲を放つ前に唱えると、三町先の的に当たるのではないか、とそれがしは考えています」

「えっ、そうなのか」

夏兵衛は呆然《ぼうぜん》とする思いだった。呪詛に続いて、またも神懸かりのような話になってきている。

「でも郁江さんの話だと、天才がつくった鉄砲だから三町先の的に当たるということだったけど、そういう呪文だとするなら、腕は関係なくなってしまうね」

「はい。おそらく戦国の頃は、ふつうの腕を持つ鉄砲放ちが撃てば、呪文を唱えることもなく当たったのでしょう。ただ、元和偃武《げんなえんぶ》という言葉がある通り、大坂の陣が終わってから太平の世となり、鉄砲はほとんど不要のものとなりました」

「そうだね」

どういう方向に話が向かうのかわからず、夏兵衛は軽く相づちを打った。

「おそらくそれがしどもの先祖が、いつのことかわかりませんが、鉄砲の力の封じこめをしたのではないかと思うのです」

「封じこめ……」

自ら考えることを忘れたかのように、夏兵衛は同じ言葉を繰り返した。

「ええ、太平の世に三町先の標的を射貫《いぬ》くような鉄砲はいりません。不届き者があらわれたとき、つかえないようにしたのではないか、と思われるのです」

「じゃあ、この巻物は封じこめをしたときの呪文かい」

有之介がかぶりを振る。

「その逆でしょう。封じこめの魔力を解くためのものだと思います。万が一、戦《いくさ》が再び起きたとき、使い物にならぬのでは困りますからね」

「有之介さん、封じこめはご先祖がしたといったね」

「はい」

有之介が恥ずかしげにうつむく。

「夏兵衛さんのおっしゃりたいことはわかります。どうして子孫の我らが、呪文の意味や読み方がわからないのだということですね」

「うん。有之介さんたちが知らないと、誰も魔力を解けないだろうからね」

「そうなのですが、その手のものが屋敷には一切残されていないのですよ」

「紛失は」

「もちろん考えられます」

「なくなってしまったのだとしたら、永久に解けなくなってしまうね」

「でも今は、それが幸いしたといっていいでしょう」

そのことは、夏兵衛も感じていた。

「木下留左衛門だね。この呪文を唱えないと、鉄砲の威力が発揮できないとしたら、留左衛門が狙っている人物を仕留めることなど、決してできない」

「そういうことです」

有之介が首を大きく縦に振る。

「悪いことはできないということですね。役に立たない鉄砲のために殺されてしまった義兄上《あにうえ》や姉上は、本当にかわいそうでならぬのですが……」

夏兵衛には一つ懸念がある。

「木下留左衛門は、この呪文の紙を奪いに来ないだろうか」

有之介は、この呪文のことが他者に知られるわけがありませんから大丈夫でしょう、といっていたが、果たしてどうだろうか、というのが夏兵衛の偽らざる思いだ。三町先の的を射貫く鉄砲にしても、有之介たち由永家の者しか知らなかったはずだが、そういうものがあるのを知った木下留左衛門に奪われたのだ。

留左衛門は、呪文のことを知らなかったのだろうか。

きっとそうなのだろう。大坂の陣のことを描いた軍記物には、きっとそこまで書かれていなかっただろうし、軍記物を書いた作者もそこまでは知らなかったにちがいない。

だが、いずれ奪った鉄砲がおかしいことがわかるはずだ。いや、もうわかっているかもしれない。試し撃ちをすれば、いいだけの話だからだ。

留左衛門が、どの程度の腕の鉄砲放ちを手に入れているかにかかってくるのかもしれない。

もし最高の放ち手を用意して、試し撃ちをしても的にさっぱり当たらないとしたら、鉄砲がおかしいと思うだろう。さしたる放ち手がいないのだとしたら、放ち手の腕のせいだと考えるにちがいない。

だが、誰を狙っているのか知らないが、もともと三町の距離を射貫く鉄砲を必要としているのなら、半端な腕の放ち手を用意しているはずがない。それだけの腕を持つ者でなければならないことは、留左衛門も覚っているだろう。

三町の距離ということは、目のよさも重要になってくる。

あるいは、と夏兵衛は思った。呪文には、目の力を目一杯に引きだす力もあるのかもしれない。

そういうふうに考えないと、三町もへだてて、的に当てるのはまず無理だろう。三町では顔もろくに見えない。遠眼鏡でもあれば話はまた別だが、鉄砲と遠眼鏡をくっつけるのは無理だろう。

いや、留左衛門はそういう工夫をするつもりなのかもしれない。まだ一度も顔を見たことはないが、どんな性格をしているのか、夏兵衛はわかるような気になっている。

なにしろ、一挺《ちょう》の鉄砲を手に入れるために、遠州掛川に三月も滞在した男なのだ。執念深く、感情にまかせて動くことは決してなく、しかも粘り強い。

敵にまわすと、厄介な男にちがいない。

もし見つけだしたとしても、郁江たちに留左衛門が討てるのだろうか。

姉夫婦を斬殺した男だが、どのくらいの剣の腕を持っているのだろうか。

相当のものではないか。夏兵衛はそんな気がしてならない。

このままでは返り討ちに遭ってしまう。郁江たちをむざむざと死なせたくはない。

どうすればいい。助太刀するか。むろん、そのつもりだ。

だが、刀など遣えない俺が助太刀しても、さして役に立たない。誰か、手練《てだれ》を見つけなければならない。

今のところ、心当たりはなにもないが、参信和尚に相談すれば、手練を紹介してくれるのではないか。なにしろ顔が広い。金が必要になるかもしれないが、それはあとで考えればいい。

その件に関しては、今は気に病むことはやめた。まだ留左衛門が見つかってもいないのに、あれこれ考えるのは体に毒だろう。

夏兵衛は懐を探り、三寸四方ほどの小さな紙を取りだした。まわりに誰もいないのを確かめ、そっとひらく。

空は曇っており、月はない。手には提灯《ちょうちん》をぶら下げているが、わざわざ近づける必要はない。

夏兵衛は夜目が利く。この目があればこそ、腕利きの盗賊として、江戸の夜に君臨できているのだ。

鉄砲の呪文の写しだ。夏兵衛はこれを読み解く気でいる。

ほとんどすべてが書きやすいものばかりだったとはいえ、二百六十六もの漢字を書き写すのはさすがに難儀だった。目の奥が痛くなり、今もしばしばしている。

無理に小さな紙に書いたのは、もしこれを奪われそうになったとき、口に放りこんですぐに飲みこめるからだ。

しかし、俺の頭では読み解くのは無理だろうなあ。誰かいい人がいないものか。

いや、最前から一人、頭に浮かんでいる。

今、そちらに向かっているところだ。

市《いち》ヶ谷《や》の薬王寺門前町《やくおうじもんぜんちょう》にある万屋《よろずや》の海風屋《うみかぜや》のあるじ玉助《たますけ》だ。

玉助は名だけきけば男だが、女である。呪詛《じゅそ》にとにかく詳しく、道賢、舜瑞という二人の呪詛医師をかどわかした者たちに、店から連れ去られたことがある。玉助が連れこまれた屋敷に夏兵衛は忍びこみ、火を放つことでかろうじて救いだしている。

薬王寺門前町に入った夏兵衛は、一軒のしもた屋の前に立った。

古くてとても広い家で、高い屋根が夏兵衛を押し潰《つぶ》さんばかりの迫力をもって、そびえている。自分はあの程度の高さをのぼるのに別に怖さはないが、素人では屋根にあがるのをいやがる人は多いだろう。

枝折戸の向こう側に、敷石が続いているのがうっすらと見えている。母屋には灯《あか》りがついていない。玉助はもう眠っているのだろうか。それとも、起きてはいるが、なかの灯りが外に漏れていないにすぎないのか。

今、何刻《なんどき》なのだろう。郁江と有之介の長屋には長いことといた。もう八つ半（午前三時）くらいになるのではないか。

枝折戸に歩み寄る。

訪《おとな》いを入れようとして、夏兵衛はふと口を閉じた。

今、女の声がきこえなかったか。しかも甘えたような声だった。

もしや、あのときの声ではないのか。

そうか、と夏兵衛は思った。玉助さんには男がいるのだ。当然だろう、年増《としま》とはいえ、色気は相当のものだし、もともと整った顔立ちをした、きれいな人である。しようがねえな。

夏兵衛はきびすを返した。せっかく楽しんでいるのに、邪魔することはできない。

ここは巻真寺に帰るしかない。

しかし、と提灯をぶら下げて歩きながら夏兵衛は思った。足が急に重たくなりやがったな。目当ての人に会いに来て会えないというのは、なかなか疲れるものだぜ。

でも今日は郁江さんとずっと一緒だったからな、幸せな一日だったよ。

どのくらいのときをともにしたのか、夏兵衛は頭のなかで数えてみた。

朝の五つ（午前八時）頃から夜の五つ（午後八時）近くまでだな。半日も一緒だったんだ。こいつはすげえや。

いずれ、丸一日にしてみせるさ。

そういう日がやってくるのも、そう遠いことではないように思えた。

いい気分で夏兵衛は歩いた。両側は武家屋敷の塀が続いている。白い壁が提灯の灯に次々に浮かびあがるが、すぐさま闇に溶けこんだように背後に消えてゆく。それが延々と繰り返される。

いきなり背筋がひやりとした。まるで鋭い刃物で背中をすっぱりとやられたような感じがした。

夏兵衛はわけがわからないままに、提灯を投げ捨て、身を前に躍らせた。路上で転がり、すばやく立ちあがった。

一人の男が立っている。抜き身を手にしていた。顔には覆面。

あいつだ。

和尚に木に縛りつけられたとき、襲ってきた男。

またあらわれやがったか。今夜は逃がさないぜ。

こうしてよくよく見ると、侍だ。剣術を習っている町人などではない。子供の頃から剣術修業に精だしてきているのが、隙のない正眼の構えにはっきりと見えている。

夏兵衛はごくりと息をのんだ。

よし、やるぜ。とらえてやる。どうして襲ってきたか、吐かせてやる。

背後からの強烈な一撃を勘だけで避けられたことが、夏兵衛にとって大きな自信となっている。

腰を落とし、身構える。

侍は、夏兵衛が反撃の構えに出たのが意外だったようだ。覆面のなかの目が動揺したように動いた。

やはりこいつは若いな。全然、場慣れしていねえや。人を斬ったことは、一度もないんだな。

だからといって、迂闊《うかつ》には飛びこめない。そんなことをしたら、あっさりとあの世に送られる。若いといっても侍だから、いざとなれば人を斬るのに躊躇《ためら》いはないだろう。なにより、さっきの背後からの斬撃は本気だった。あれをよけられたことに、動揺があるのかもしれない。

なにか手を考えなければならないな、と夏兵衛は思った。

さて、どうすればいい。

振りおろされる刃の下をくぐり抜け、侍の懐に飛びこんで投げを打つ。それしかない。

だが、やれるのか。命懸けというのは、まさにこのことだな。

実際に一度、やれている。道賢、舜瑞という二人の呪詛医師をかどわかした者の一味の一人に、消える剣を遣う侍がいたが、その侍と戦って夏兵衛はものの見事に投げ飛ばしているのだ。

同じことができれば、なんとかなる。

こいつは、と二間ばかり先に立つ侍を見つめて夏兵衛は思った。夜目が利くのか。投げ捨てた提灯はすでに燃え尽き、どこからかほんのりと投げかけられている淡い明かり以外、闇の厚い壁を崩しているものはない。

よし、行くぞ。ぐずぐずしてると、こいつが逃げだしかねねえ。

夏兵衛は突進した。侍が刀を振りあげる。間合に入り、振りおろされてきた。夏兵衛は左にはね跳んだ。

刀が右肩をかすめてゆく。ぎりぎりだ。さすがに目を閉じたくなるような怖さがある。

返す刀が迫ってきた。夏兵衛は体を折り曲げた。これもきわどかった。髷《まげ》のすぐ上を白刃が通りすぎていった。

夏兵衛は体を反転させ、侍の懐に迫った。だがすでに刀は引かれており、侍は今にも斬撃《ざんげき》を繰りだせる体勢にあった。

夏兵衛はいったんうしろにはねのいたが、強烈な袈裟《けさ》斬りが、逃がすかとばかりに見舞われた。

夏兵衛は体を反らせてこれをかわし、右に跳んだ。夏兵衛の動きに応じるのが、侍は一瞬、遅れた。このあたりは若さのなせる業だろう。

あわてて刀を振りおろしてきた。相変わらず鋭さはあるが、夏兵衛のすばしこさに戸惑っているという思いも含まれた斬撃だった。

これだ。

夏兵衛はついに機会がめぐってきたことを知った。これまで刀をかわすことに専念していたのは、侍が隙を見せるのを待っていたからだ。

夏兵衛は武家屋敷の塀を蹴《け》った。宙高く舞いあがる。

侍が、暗い空を背景にしている自分を見失ったのが、見おろしてみてはっきりとわかった。

それでも、風をはらむ着物の音で気づいたようで、体をまわしてきた。刀を構えようとする。

だが、おそすぎた。すでに夏兵衛は侍の懐に飛びこんでいた。腕を取り、瞬時に投げを打つ。

侍は必死にこらえようとしたが、夏兵衛は完全に自らの形をつくっていた。

地響きを立てて、侍が背中から落ちた。うっ、とうなる。息ができなくなる痛みが襲ったはずだが、侍は立ちあがろうとした。夏兵衛は容赦せず、再び投げた。

侍は今度は腰を打った。陸にあがった魚のように体をはねさせたが、痛みのために腰に力が入らず、立ちあがることはできない。

「おとなしくしろ」

夏兵衛は低い声で告げた。だが、侍はいうことをきこうとしない。上体をもがかせ、まだ握っている刀を振りまわそうとする。

黙らせるために夏兵衛は腹に拳《こぶし》を入れようとした。

だが、その前にまたも背筋に冷たいものが走った。

なんだっ。

夏兵衛は、またも体を前に投げだすことになった。横に跳んでいたら、まず殺《や》られていた。

まだ別のやつがいやがったのか。若い侍をおとりにし、俺が油断するときをひたすら待っていたのだ。

くそう。

夏兵衛は、相手の間合に入れられている自分を知った。

やばいぞ。ここは逃げるしか手はないようだが、もう一人の顔や姿を見ずに駆けだすのは業腹だ。

夏兵衛はなんとか振り返って、もう一人の男を見ようとした。

だが、次々に繰りだされる斬撃をかわすのが精一杯で、男に目を向けている余裕はまったくない。

なにしろ、斬撃の鋭さが若い侍とは明らかに異なっている。若い侍もかなりできると思ったが、こちらは手練《てだれ》としかいいようがない。

まさか、あの消える剣を遣う侍じゃあるまいな。

どうしてかちがう気がする。あの消える剣の侍は、よこしまな心がそのまま斬撃にあらわれていたが、今、命を狙ってきている者の斬撃には、そういうものがほとんどないように思える。

闇討ちしてくるくらいだから、よこしまな気持ちがないはずがないのだが、なぜか夏兵衛は男の剣にまっすぐなものを感じている。

なにかよほど切羽つまった状況に置かれているのか。それならば、どうして俺を殺さなければならないのか。

さっぱりわからない。

だが、そんなことを考えられるのは、余裕が出てきた証《あかし》だろう。どうして余裕ができたのか。

きっと男の斬撃に慣れたからだ。そうにちがいない。

夏兵衛は振り向いてみた。刀を振りおろす寸前の男の姿が視野に入る。

夏兵衛は斬撃をかわし、くるりと体を返した。男は若い侍と同様、覆面をしている。

おや。

だが、その体つきに見覚えがあるような気がした。

どこでだろう。

侍が袈裟に刀を振ってきた。目にもとまらぬ斬撃だが、夏兵衛は勘だけでよけてみせた。

おのれ。焦ったように口にした侍が、刀を突きだしてきた。

それを夏兵衛は体を低くしてかわした。そのとき、ひらめいたものがあった。

この侍は、と夏兵衛は確信した。酒井家の下屋敷にいた侍だ。まちがいない。

俺が小金目当てにあの屋敷に忍びこんだとき、布団部屋で腰元らしい若い女とむつみ合っていた侍だ。天井裏から二人の痴態を眺めて楽しんでいたとき、苦手な鼠がそばにいて、そのために、ひそんでいるのを侍に気づかれたのである。

あのとき、侍は問答無用とばかりに、いきなり刀を天井裏に向けて突きだしてきた。頬をかすめ、ひやりとした覚えがある。

刀を突きだしてきた姿を目の当たりにしたわけではないが、先ほどの突きが、あのときのことを夏兵衛に思い起こさせた。

しかし、一つ疑問がある。疲れを見せることなく刀を振り続ける侍を冷静に見て、夏兵衛は考えた。

どうして、天井裏にひそんでいたのが俺であるとわかったのか。

顔は決して見られていないはずだ。天井を走り、そのまま屋敷の外に出たのだから。

どういうことだ。わけがわからない。

しかしこの侍は、あの晩、下屋敷に忍びこんできた賊が、夏兵衛であると知ることになったのだ。

それに、なぜこうまで執拗《しつよう》に命を狙ってくるのか。

腰元とむつんでいるのを見られたからか。この侍は妻をひじょうに恐れており、密通がばれるのが怖くてならないのか。

だが、そんな理由で人を殺しに来るだろうか。

とにかく、俺が巻真寺に住み着いていることも、すでに調べがついているのだろう。

夏兵衛は逃げる気は失《う》せている。今は、侍の攻撃をなんとかやめさせたい。

「あんた、酒井家の者だな」

夏兵衛がいうと、侍がぎくりとして動きをとめた。

図星だったか。

「それを知られたからには、なおさら生かしておけぬ」

「ちょっと待て」

夏兵衛は手をあげ、侍を制しようとしたが、刀が手を二つに断ち切る勢いで振りおろされてきたから、あわててうしろに下がった。

「どうして俺を狙う。腰元とのことを見られたからか」

侍はなにも答えない。ひたすら刀を振るってくる。

若い侍もようやく痛みが癒えたようで、立ちあがって、今にも攻撃に加わってきそうだ。

どうしてだ、どうして小金を盗んだだけで命を狙われなければならないのか。

酒井家のことで、なにか思いだすことはないか。俺は、酒井家の急所をついてしまったのではないか。

だから、これだけの手練が俺を殺しにやってきた。この侍が腰元とむつんでいるのを、見たからではないのではないか。

酒井家の噂で、最近、耳にしたことはないか。

夏兵衛は必死に考えたが、さらに鋭さを増してきた刀をかわすのに必死で、考えはまったくまとまらない。

なにかないか。どこかで酒井家のことを耳にしていないか。

なにかあった。あったぞ。確か、あれは鴫下に行ったとき、豪之助が口にしていたのではなかったか。

そうだ。豪之助だ。まちがいない。

豪之助はあのとき、なにをいっていたのだったか。

思いだせ。夏兵衛、思いだすんだ。

できれば、自分の襟首をつかんで、揺すぶりたいくらいだ。

豪之助は、お里という女が気に入りだ。それとなにか関係ないか。

女か、そうだ。この侍は女とむつんでいた。あの女が関係しているにちがいない。

そうだ。

夏兵衛はついに思いだした。

酒井家の姫が他家に嫁することが決まったと、豪之助はいっていたのだ。

この侍がむつんでいたあの女は腰元などではなく、姫ではないのか。

もし姫だとするのなら、こうまで執拗に命を狙うのも納得できる。そんなことで殺される気など夏兵衛にはまったくないにしろ、目の前の侍としたら、首が飛ぶか飛ばないかの瀬戸際だろう。

しかし、と夏兵衛は思った。大きな疑問がある。この侍は酒井家の家臣だろうが、姫相手にそんなことができるものなのか。

いや、今はそんなことを考えている場合ではない。なんとかこの場を切り抜けなければならない。

だが、夏兵衛を殺すという執念に満ち満ちた侍は、斬撃《ざんげき》の手をゆるめようとしない。ただし、息づかいはさすがに荒くなっている。一度も耳にしたことはないが、刀鍛冶《かたなかじ》のつかうふいごというものは、こんな音を立てるのではないか。

こちらもただ逃げているだけではない。白刃の下をかいくぐり、紙一重のところで避け続けているのだ。緊張からくる重苦しさが体を押し潰《つぶ》さんばかりにしており、胸は踏みつけられたように苦しい。当然のことながら、息づかいは侍と同じように荒くなっている。

だが、ここはやるしかない。

夏兵衛は決意した。侍の刀を避けるのがさほど苦にならなくなっているのは、慣れたというよりも、侍のほうにさすがに疲れが出てきており、刀の切れがやや鈍りはじめているからだろう。

今なら、懐に飛びこめるのではないか。

夏兵衛は決意し、侍が胴に振ってきたのをぎりぎりでかわすや、一気に突っこんだ。その動きを待ち構えていたように返す刀が振られた。

まずい、読まれていた。

夏兵衛は肝を冷やしたが、侍にとって残念なことに、すでに最初のような鋭さは消え失せていた。

夏兵衛は侍の腕をがしっと力強く握った。これで刀は遣えない。腰を入れ、投げを打つ。侍はあらがったが、夏兵衛はかまわず、力まかせにぶん投げた。

参信が見たら、また力ずくでいきおって、と目を三角にしそうな投げだったが、命を狙われた怒りと憤りが夏兵衛の腕に必要以上の力を入れさせている。

侍は背中から地面に落ちた。間髪《かんはつ》を容《い》れず、夏兵衛は腹に拳《こぶし》を見舞った。怒りをこめた容赦のない一撃で、侍はうめき声をあげることなく、一瞬で気を失った。

四

根津門前町で斬殺《ざんさつ》された淀吉が、箱根の関所破りを生業《なりわい》にしていたのは、まずまちがいないだろう。

関所破りにどれだけの代金を求められるのか、伊造にはわからないが、つかまれば獄門にされる大罪だけに、相当の金が必要になるのは、疑いようがない。

淀吉は一仕事終えるたびに、息抜きに江戸にやってきて、命の洗濯をしていたのではあるまいか。

金はたんまりと持っていただろう。金さえあれば、江戸ほど楽しい町はほかにない。若い頃、さんざん遊んだ伊造にはよくわかる。体が溶けてしまうのではないかと思うほど遊んでも、次の日にはまたしゃんとして、いくらでも遊べたものだ。淀吉もそうだったにちがいあるまい。

淀吉は、もともとは本当に木こりだったのかもしれない。それが箱根の山を知り尽くしているということで、関所破りに職を変えたのではないか。

あるいは、木こりは今でも続けていたのかもしれない。飛脚問屋の輪本屋に求められるままに、関所破りに精だしていたということも考えられる。

淀吉は小田原に住んでいた。関所を通らずに誰かを運ぶとしたら、江戸を出て上方のほうへと上ってゆく者か。

いや、そうとも限るまい。

伊造は内心で首を振った。

輪本屋との打ち合わせで、上方のほうから江戸へ入ろうとする者がいると知ったとき、箱根の西側に位置する三島宿《みしまじゆく》で待ち合わせるくらいのことはするのではないか。

とにかく、一仕事を果たした淀吉はいつものように江戸へやってきて、息抜きをはじめた。

それがどうしてか、根津門前町において刀で斬り殺された。

あの手配書の男というのは、考えられないか。

手配書の名無しの男は、淀吉と同業だ。縄張争いだろうか。それとも、最近は淀吉に仕事が集中していたのか。それをねたんで殺したのではないか。

いや、考えられない。淀吉は手練《てだれ》に斬殺された。手配書の名無し男に、それだけの腕があるはずがない。

となると、淀吉を殺したのはやはり侍ということなのか。

侍が淀吉を殺したとして、どういう図が描けるか。

淀吉が関所破りをしていたという事実は、この図からはずすことはできない。関所破りに関わって殺されたのは、まずまちがいあるまい。

淀吉を殺した侍は、淀吉の案内で関所破りをしたのか。そして、江戸に入ったのだろうか。

どうして侍は、関所破りをしなければならなかったのか。もともと江戸の生まれで、所払《ところばらい》にでもなっていたのか。どうしても江戸に帰りたくてならず、関所破りという強引な手立てを取ったのか。

それとも、と伊造は考えがひらめいた。なにか持ちこんではならない物を江戸に持ちこもうとして、関所破りをしたのではあるまいか。

これはいい考えのように思える。出女に入り鉄砲。これが関所役人が最も目を光らせるものだ。

鉄砲か。この太平の世、鉄砲を江戸に持ちこもうなどと考える者が、果たしているのだろうか。

いるのかもしれない。この江戸に、鉄砲を持ちこむのは至難の業ときいたことがある。鉄砲による事件がほとんど起きたことがないことでも、それは知れる。参勤交代で江戸にやってくる大名家でさえ、自由に鉄砲を持ちこむことなど決してできない。

鉄砲でないとしたら、ほかになにが考えられるか。

禁制の品か。長崎あたりの抜け荷によって手に入れた物を、江戸に持ちこもうとして、淀吉をつかったのか。

これが最も考えやすいか。

となると、淀吉を殺したのは、口封じということなのか。

それとも、淀吉は逆に脅したのか。それで返り討ちにされた。

今は先走らないほうがいいかもしれない。こういうことも考えられると思うくらいにとどめ、探索を進めるべきだろう。

伊造は人相書を見つめた。

「どうしたい、とっつあん」

うしろから豪之助が声をかけてきた。

「どうしたって、なにが」

「ずいぶんと長いこと、道の端で立ちどまったまま動こうとしねえから、ちっと心配になっちまった」

「死んだとでも思ったんじゃあるめえな。心配するな」

伊造は振り返らずにいった。

「ちと、手立てを考えていただけよ」

「いい手立ては浮かんだかい」

「駄目だな」

伊造はゆっくりとせがれに向き直った。

「おめえはどうだい。おめえが描いた男だ、どこに行けばつかまえられるか、いい思案がねえか」

「俺かい」

豪之助が浮かない声を発したが、顔はなぜか輝いている。

「人相書の名無し男は、関所破りを生業にしている男だな。金はうなるほど持っているんじゃねえのか」

「うなるほどかどうかは知らねえが、相当あるのは確かだろう」

「関所破りをする輩《やから》など、箱根の雲助みたいなものだろう」

「かもしれねえ」

「雲助が好きなのは、とっつあん、なんだ」

伊造は、ようやく豪之助がいいたいことがわかった。

「おめえ、賭場《とば》に行きてえんだな」

「冗談いわねえでくれ」

豪之助があわてたように手を振る。

「行きたくなんかねえよ。でも、これが岡っ引の仕事の一つだろ。危ういところにもぐりこんで探索するっていうのは」

「おめえにとっちゃあ、賭場は遊び場だろうが」

「とんでもねえよ。あんな怖いところはねえって」

「だったら、行かなくていいぜ」

「いや、そこまで気をつかってくれなくていいぜ、とっつあん。勇気を振りしぼって危ういところに向かうのも、男の取るべき道の一つだろう」

「屁理屈《へりくつ》だな」

「屁理屈なんかじゃねえって」

豪之助が必死にいい募る。

「おめえ、よほど行きてえんだな。この前の大勝ちが、忘れられねえか。でも、あんなのはまぐれだぞ」

「勝負が目的じゃねえって。探索だって」

伊造は考えてみた。確かに賭場などは、名無し男が転がりこんでいそうな感じだ。筋としては悪くねえ。

伊造は判断し、顔をあげた。

「いいのか」

豪之助がおそるおそるきく。

「ああ、行ってこい。だが、一つの賭場に長居するんじゃねえぞ」

「当たり前さ。探索だもの、話をきいたらすぐに別の賭場に移るよ」

「わかった」

「じゃあな、とっつあん」

豪之助がうきうきときびすを返す。伊造は遠ざかる背中に声をかけた。

「豪之助、賭場はもうひらいているのか」

豪之助が足をとめ、振り返る。

「ひらいているところもあるよ。そういうところで話をきくつもりだ」

「そうか。まあ、たんと儲《もう》けてこい。負けるんじゃねえぞ」

豪之助が、まかしておけとばかりに手をあげた。

「当たり前さ、今日も大勝ちだぜ」

あっという顔をしたが、すぐにぺろりと舌をだした。破顔し、駆けるようにして遠ざかってゆく。

なんか憎めねえ野郎だな。

伊造は一人、歩きだした。どこに行くという当てもない。

どうすればいいか。やはり輸本屋を張るべきか。

しかし、あの店を張りこんだところで、人相書の男にも、淀吉を旅籠《はたご》の門田屋に訪ねてきた男にも、会えるような予感がまったくない。

まちがいなく、町方に張られているってのはわかっているだろうからな。なにしろ輪本屋のことは、同心の米一郎に報告してあるのだ。

腹が減ったな。

伊造は空を見た。昨夜は曇り空で、月の姿はなかったが、夜明けすぎに雲が取れはじめ、今は秋らしくすっきりした青空が広がっている。太陽も気持ちよさそうに、つややかな光を放っている。

太陽の位置からして、もう九つ（正午）近いのは確かだろうな、と思ったら、どこからか鐘が鳴りはじめた。

ちょうどかい。

伊造はあたりを見まわし、十間ほど先に蕎麦屋《そばや》があるのを見た。暖簾《のれん》に陽射しが当たり、あたたかな雰囲気を醸しだしている。

よさそうな店だぜ。

伊造は足早に近づくと、静かに暖簾を払った。

まあまあだったかな。

期待していたほどの味ではなかった。蕎麦切りはうまかったが、つゆが今一つだった。こういう店はけっこう多い。蕎麦切りに存分に力を入れるが、つゆのほうがややおろそかになるきらいがある。

両方うまい店というのは、そうそうあるものではない。

伊造は賭場ではなく、人足や馬子の集まる一膳飯屋《いちぜんめしや》や昼からやっている煮売り酒屋を当たり、豪之助の描いた名無し男の人相書を見せてまわった。

夕方までひたすら当たり続けたが、心当たりを持つ者は一人もいなかった。

くそう、どこに行きやがった。やはり輸本屋を張るべきだったか。

今から行ってみるか。いや、無駄だろう。

初心を貫くことにした。伊造は夕方から店をはじめた赤提灯《あかちょうちん》などに入りこみ、人相書を客たちに見てもらった。

五軒目の煮売り酒屋を出たときだった。目の前の路地にすいと入っていった男がいた。最初は気づかなかった。目は見ていたが、頭で解せなかった。

あっ。

心で叫び声をあげた。

関所破りの名無し男じゃねえか。

夕闇が濃くなってゆくなか、こちらに背中を見せて足早に歩いてゆく。

こんなことってあるのか。

あるのだろう。これまで足を棒にして、いろんな店を当たったご褒美を神さまがくれたんだろうぜ。

十間ほどの距離をあけて、伊造はつけはじめた。提灯に灯《ひ》を入れるには、まだ少しはやい。名無し男も提灯は手にしているが、まだ灯《とも》していない。

しかしあの野郎、ついてねえな。このわしの前を横切るなんざ。二十年前はうまく逃げおおせたが、ついに運の尽きってことじゃねえのか。

やつはどこに向かっているのだろう、と伊造は考えた。このまま行けば、神田のほうに出る。やはり、輸本屋に赴こうとしているのか。

男がふっと右に折れた。路地があるようだ。伊造は足音を殺し、路地に慎重に近づいた。

ぎくりとした。そこは、寺かなにかの高い塀が三方を囲んでおり、行きどまりになっていた。右手の塀に裏口らしい戸があるが、しっかりと閉じられていた。

名無し男が左側の塀に背を預け、にやにや笑っていた。

「親父さん、わしになにか用かね」

いつの間にか手には煙管《キセル》があった。口に持ってゆき、うまそうに一口吸った。

くそっ、はめられた。

伊造は唇を嚙《か》んだ。

目の前を横切るなどという偶然など、やはりあるわけがなかったのだ。

名無し男が煙を噴きあげる。

「親父さん、あんた、ふだんは煙草吸わないんだろ。でも、なかなか吸い方は堂に入ってたよ」

やはり見抜かれていたのか、と伊造は思った。

「親父さん、あんた、いったい何者だい。岡っ引かい」

「だったらどうする」

「そうさなあ、どうするかなあ」

男が顎《あご》をなでさする。

「あの世に行ってもらおうかな」

男がいい案を思いついたとばかりに、両手の平を打ち合わせる。拳《こぶし》ではないかと思えるようなごつい音が出た。

男が懐から匕首《あいくち》をだす。

「淀吉を殺したのも、きさまか」

「淀吉をわしが。冗談じゃねえ」

男が吐き捨てるようにいう。

「あいつは従弟《いとこ》だ。わしが殺すわけがねえ」

「だったら、誰が殺した」

「そいつは、わしたちも調べているんだ。淀吉を殺されて、黙って引っこんじゃいられねえからな」

「きさまらも調べているだと」

「そうだ」

「だったら、わしたちの目的は同じじゃねえか。知っていることを、わしに話してみろ」

「やだね。だいいち、目的は同じじゃねえよ。親父さん、あんた、輸本屋を潰《つぶ》すつもりでいるんだろ。関所破りをさせている胴元ってことで」

そうか、やっぱりあの店が仕事をまとめていたのか。しかし、こんなことまで口にするなど、わしを生かして帰す気はねえということかい。

「仕事はけっこう忙しいのか」

「まあな。裏街道を行きたがる人は、それこそあとを絶たないぜ」

「そういうものか」

「そういうものさ」

いきなり男が煙管を投げつけてきた。伊造はよけた。

そのときには男が突っこんできていた。恐ろしいはやさだ。まるで猪のようにしか思えなかった。

腹に強烈な一撃を食らった。息がつまる。あまりの痛みに腹ではなく、頭のほうが耳鳴りのように鳴った。腹のなかのものをもどしそうになったが、昼に食った蕎麦切りはとうになく、口からはなにも出てこなかった。

わしは殺《や》られちまったのか。

伊造は暗澹《あんたん》とした。

こんなところでわしは死ぬのか。

体から力が抜け、地面にがくりと膝《ひざ》をついた。

「安心しな」

薄ら笑いを浮かべた男が見おろしている。

「刺してなんかいねえよ」

左手にある匕首《あいくち》をもてあそんでみせる。

「拳だ。でもわしの拳は、鉛のかたまりみてえなものだから、さぞ苦しいだろうな」

殺されたのではなかったのか。

伊造は光明を見た思いだった。

「でも半殺しだな。口もきけねえようにしておかねえと」

男が近づいてきた。伊造は腹這《はらば》いになって路地を芋虫のように動いた。道に出て、助けを呼ぶつもりだった。

ちょうど人が通りかかった。

「た、助けてくれ」

岡っ引になってから、この言葉はせいぜい三度目だろう。滅多に口にすることのない言葉だ。

「どうしたい」

町人らしい若い男が寄ってきた。

「その男に……」

全身に力をこめて、伊造は右手をあげて名無し男を指さした。

「その人がどうかしたのかい」

若い男が笑いかけてきた。

「俺の伯父《おじ》さんだよ」

仲間かい。

伊造は体から力が抜けた。

「ほら、起きな」

若い男に襟元を持たれ、立ちあがらされた。

いきなり腹を殴られた。うっと下を向いたところを、顎《あご》に強烈な一撃がきた。

顎の骨が折れるいやな音がした。耐えきれないほどの痛みがやってきた。

それからさらに殴られ続けた。

ああ、わしはこのまま死ぬな。今日が命日だったとはなあ。最後にもっとうまい蕎麦切《そばき》りを食いたかったぜ。

そんなことを思っているうちに、伊造の心の糸は、ぶつりと音を立てて途切れた。

五

さすがに疲れは抜けていない。

だが、心地よさがある。体はどこかふわふわし、気持ちは浮き立っている。

なにしろ不意を衝いてきた二人の侍を相手に、丸腰で勝てたのだから。

しかも今回は、参信に教わった「陰結び」のような技をつかったわけではない。

俺もけっこう強くなったよなあ。着物はかすられてもおらず、体に傷らしい傷は一つもなかった。

もっとも、昨夜の戦いで最も大きかったのは、闇に助けられたことであるのは、よくわかっている。夜を舞台にしていなかったら、あそこまでうまくいかなかっただろう。文字通り、闇討ちをしてくれたことが吉と出たのだ。

今、あの二人の侍はなにをしているのかなあ。

夏兵衛は巻真寺の離れの畳に寝転がり、いつものように腕枕をして天井を眺めている。

あの酒井家の者と思える侍は、夏兵衛が脅してもすかしても頑としてなにもいわなかった。酒井家の侍であることも、決して認めようとしなかった。

あの場で腹を切るのではないか、と思ったが、どうやらその気もなさそうだった。夏兵衛といる限り、地面にずっと座りこんだままでいそうな面構えをしていた。

夏兵衛自身、喉《のど》が渇いてならなかったし、はやく巻真寺のねぐらに戻りたい気持ちにも駆られていた。

それで、仕方なく二人を解き放った。

二本の刀を預かる旨を告げてから、二人を帰らせることにしたのだ。

二人とも意外そうにしたが、若い侍はほっとした顔を隠さなかった。二人はとぼとぼとした足取りで、闇に溶けこむようにゆっくりと姿を消した。

今頃あの二人は下屋敷にいるのだろう。

どういう役なのか。着物はさしていいものではなかったような気がする。すると、勤番侍か。上屋敷だけでなく、中屋敷、下屋敷にも勤番侍は居住している。家族の待つ国に帰る日を、指折り数えているという話をよくきく。

そんなに故郷がいいのだろうか。ふるさとというものがない夏兵衛には、よくわからない。

ただ、母親が恋しいという気持ちはよくわかるから、故郷の土を踏みたいという思いは、その感じに似ているのかもしれない。

よし、出かけるか。

夏兵衛は手ばやく着替えをすませた。障子をあける。

いい天気だ。風は冷たいが、透き通るさわやかさがあり、深く呼吸をしたくなる。

夏兵衛は実際にそうした。

ああ、いい気持ちだぜ。

夏兵衛は雪駄《せった》を履いた。昨日の戦いの跡がある。底がすり切れそうになっている。緒もややゆるんでいた。

新しいのを買うかな。

そうしよう。たまには買い物するのもいいことだろう。

教場のほうから、手本を読んでいる子供たちの声がきこえる。

またすっぽかしちまったな。まさかそんな刻限になっているなんて、夢にも思わなかったぜ。

まだ六つ半（午前七時）くらいと思っていた。手習がはじまっているということは、もう四つ（午前十時）近いのではないか。

教場に参信和尚はいるということだ。怒られずに寺を抜けだせそうだ。

夏兵衛は山門に向かって歩きはじめた。

「夏兵衛さん」

途中で呼びとめられた。かわいらしい女の声だ。

「ああ、千乃さん」

「最近、手習に出ていないんじゃないの。和尚、いえ、兄さんに叱られるわよ」

千乃は表向きは参信の妹ということで、この寺に住んでいる。

「もうすぐしたら、出られるよ」

「いつ」

「今の用事が終わったら」

「どんな用事を抱えているの」

千乃が濡《ぬ》れたような目で見つめる。

この人は相変わらずあぶねえな。

夏兵衛は心で苦笑した。どんなことがあっても、この人には手をだすまいとかたく誓っている。参信和尚がぞっこんだし、夏兵衛には参信を裏切る気持ちなどこれっぽっちもないからだ。

「そいつはちょっといえないんだ」

「そう」

千乃が目を落とす。まつげが揺れ、どきりとするほどの色っぽさが漂った。

いけねえ、いけねえ、これ以上そばにいたら、俺はなにをするか、ほんとわかったもんじゃねえぞ。

「じゃあ、俺はこれで」

夏兵衛は千乃から目をそらし、きびすを返した。さっさと早足で歩く。

いや、本当に隙だらけじゃねえか。和尚も心配が絶えねえなあ。あんな若い女を妾《めかけ》にしているからだ。いくら和尚が絶倫といっても、若い女は若い男がいいに決まっているんだ。

むろん、歳のいった渋い男を好む者が多いことも知っているが、千乃が若い男に飢えているのは確かなようだ。

そのことを、和尚は知っているのか。

世の中で知らないことのなさそうな坊主に見えるが、千乃のことに限っては、他のことが目に入らないような感じになってしまっている。

どうせなら、年上の男が大好きってのを、妾にすればいいんだ。

そうすると、千乃さんはどうするのかな。和尚のそばにはいないだろう。若い男を望んで、口入屋にでも妾奉公の口を求めるのではないか。

若くてそこそこ金のある男のもとにいれば、千乃さんだって、あんな眼差《まなざ》しは二度としないだろう。

しかし、和尚がぞっこんだからなあ。手放すようなことはしないだろう。なにか妙なことが起きなきゃ、いいがなあ。

夏兵衛は山門を出て、道を歩きはじめた。今日も多くの人が、所在なげに行きかっている。どうして江戸はこんなに人が多いのか、その前にどうして働かないで生きてゆける人がこんなに多いのか。

景気がいい証《あかし》なのか。あくせく働かずとも、生きてゆけるというのは、世の中が落ち着いているということだ。

すばらしいことではないか。こんな世がこれまで日《ひ》の本《もと》の国にあっただろうか。

今が最高の時代なのではないか。

賄賂《わいろ》のことでいろいろいわれている田沼意次という人が老中となって政《まつりごと》を行っているが、賄賂など、古来誰もがしてきたことにすぎない。いいこととはいわないが、田沼意次だけがいわれるのは、公平ではないだろう。

とにかく、町行く人たちの表情が明るいのは、善政が行われているという、なによりの証である。むろん、こういう浮かれた風潮を白い目で見ている人もいるのだろう。武家は質素であるべきと考える人たちだ。

質素もいいのかもしれないが、今さら戻れない、と夏兵衛は思う。昔の人ができていたのだから、といっても自分たちは昔の者ではない。今の世を必死に生きている人間だ。

今の景気のよさに、驕《おご》らずに生きてゆければそれが一番のような気がする。質素なんていわれて、出来のいい雪駄も履けないような世の中はやってきてほしくない。

夏兵衛は一軒の履物屋の前で、足をとめた。

おや。

店に入ろうとして、とどまる。

見覚えのある侍がなかにいたのだ。ややしわ深い顔をしている。

といっても、顔立ちはととのっている。聡明《そうめい》そうに澄んだ瞳《ひとみ》が、この侍の器量というものを教えているかのようだ。

まさかなあ。

夏兵衛はたくさんの雪駄が並べられた棚の前に立ち、老侍をさりげなく見た。

老侍は奥の雪駄の棚の前にいる。いろいろと手にとって見ている。

あっ、やりやがった。

老侍の手がすばやく動き、一足の雪駄を懐にしまいこんだのだ。鮮やかすぎて、店内の誰もが気づいていない。

やはりあのお侍、癖になっちまっているようだな。

前に万引きしたところをつかまえ、品物を取りあげて、そのまま帰したが、しくじりだったか。もっときつい灸《きゅう》を据えておくべきだったか。

老侍はそれから一足の雪駄を買い、店の者に包んでもらった。

「ありがとう」

ていねいにいって、店を出てきた。

このままにしちゃおけねえな。雪駄はすぐに買いに来りゃいいや。

夏兵衛は静かに老侍を追いかけた。

老侍は悠々たる足取りで歩いてゆく。ときおりうれしそうに雪駄の包みに目をやる。その姿だけを見ていると、どこぞの隠居の好々爺《こうこうや》にしか思えない。

履物屋から十分に離れたのを見計らって、夏兵衛は老侍に声をかけた。

ゆっくりと立ちどまった老侍が、なにかなという顔で振り向く。

「あっ」

「俺のことを、忘れてはいなかったようですね」

「忘れるものか」

老侍はばつの悪い顔になった。

「まさか、今のを見ていたというのではあるまいな」

「そのまさかですよ」

夏兵衛は手を差しだした。

「返してきますよ。渡してください」

「そうか」

老侍は渋々といった顔で、懐から雪駄を取りだした。

「どうしてやめないんですかい」

雪駄を受け取り、夏兵衛はきいた。

「いや、どういうのかな、どうもやらないと手が震えてしまって……」

「でもやめないと、いずれつかまりますよ。立場のありそうなお侍なんだから、下手すれば、切腹だって考えなきゃいけませんよ」

「そいつはわかっているんだが」

老侍が目を伏せる。情けなさそうに首を振る。

「これまでしくじったことは、一度もないのだ。それで図に乗ったということもある。どきどきして、どうにもやめられないのだ。うまくいったときは、すかっとする」

「仕事はなにをしているんですかい」

「わしか、わしは……」

「なにもしていないんじゃないんですかい」

「していないということもないが」

「隠居されているんじゃないんですかい」

「いや、まだだ」

「さようですかい。でもお侍、本当にやめたほうがいいですよ」

老侍はいわれた言葉の意味を噛《か》み締めるように、じっと下を向いていた。

「わかった、今日を限りにやめよう」

「また手が震えだしたら、どうするんですかい」

「なんとかしてこらえる。酒を飲んで、寝てしまうのもいいかもしれぬ」

「なるほど」

夏兵衛は老侍を見つめた。

「医者にかかるという手もあるかもしれませんよ」

「医者か」

「いいお医者なら、体だけでなく、心の病も治してくれるんじゃありませんか」

「そういうものかもしれぬな」

「お心当たりはあるんですかい」

「名医といわれる人は存じておる」

「でしたら、その人に相談されたらいいですよ」

「うむ、そうしよう」

「じゃあ、俺はこれで」

夏兵衛は体をひるがえした。すぐにまた老侍に向き直る。

「うん、なにかな」

「その名医ってお方ですけど、肺の病には強いんですかい」

老侍が重々しくうなずく。

「外科についてもひじょうにすばらしい腕をしているが、本道のほうがもっとすばらしいかな。肺患にも強いと思うが、おぬしの身近な者に肺を患っている人がいるのかな」

「ええ」

「どうすればいいかな。その名医の名を教えておこうか。ただし、わしのことをきいてはいかんぞ」

「はい、それは重々承知です」

哲斎《てっさい》という名だった。住みかも教えてもらった。町奉行所の者たちのほとんどが住まう、八丁堀のそばだった。

「八丁堀がきらいかな」

「いえ、そんなことはありません」

「わしはきらいだ」

老侍は、ではな、といってすたすたと歩きだした。

「もうしちゃあ、駄目ですよ」

夏兵衛は背中に声をかけた。老侍は右手をあげて、応《こた》えた。

よし、返しに行くか。

夏兵衛は履物屋に戻り、なに食わぬ顔で雪駄をもとの棚に返した。

これでよし。

自分の気に入った雪駄を買い、店の者に包んでもらう。代を払って外に出る。

このほうが楽ちんだけどなあ、万引きをする人の気持ちがわからねえや。

夏兵衛は苦笑した。

そんなことをいっている俺は、盗人《ぬすっと》じゃねえか。

一度、巻真寺に戻り、それから夏兵衛は外に出た。

酒井家の下屋敷はほど近いところにある。巻真寺は牛込改代町だが、こちらは牛込末寺町《すえでらまち》だ。

門の前に立つ。

付近に人けはあまり感じられないが、なかに多くの人がいるのは、さざ波のように伝わる気配で知れる。

ときおり下屋敷に出入りしているらしい商人がいることに気づいた。しかし、商人は口がかたい者が多いから、あまり話してはくれないだろう。

夏兵衛は屋敷の東側にまわった。こちらは小禄《しょうろく》の武家屋敷が立ち並んでいて、さらに人けがない。

塀は高いが、越えられないほどではない。夏兵衛は左右に人けがないのを見計らい、一気に飛びついた。

足が滑った。まずい。

だが、なんとか体勢を立て直し、必死に塀の上にしがみつく。

侍らしい二人連れがやってきたのが見えた。まだ距離がだいぶあるから向こうからは見えないだろうが、こんなところを見つかったら、どうなるか。

夏兵衛は足をじたばたさせ、腕の力をつかってなんとか体を塀の上にあげることができた。

屋敷は広大だが、すぐに台所がどのあたりにあるかわかった。

しかし、そこかしこに侍の目があり、あまり動けない。

夜を待たなければならないのが、忍びこんではじめてわかった。

こんなことなら、はなから夜にしておけばよかった。

悔いを胸に抱きつつ、夏兵衛は庭の離れの床下にもぐりこんだ。

一眠りしたら、日はとっぷりと暮れていた。肌寒さを感じた。くしゃみが出そうになったが、夏兵衛は耐えた。鼻の奥がつーんとなる。

夜気は冷たい。夏のあいだはうんざりしていた蚊の羽ばたきがなつかしく感じられる。

しかし自分のときがやってきたという思いが強くあり、夏兵衛は気分が高揚している。これだから盗人はやめられないんだ。

だとすると、あの老侍も万引きをやめるのは無理だろうか。

夏兵衛は屋敷内を縦横に動きまわった。

いろいろな話が耳に飛びこんでくる。特に腰元たちの話はおもしろいものが多かった。さすがに女は若いのも歳がいったのも、話し好きだ。

調べまわってはっきりしたことは、襲ってきた侍とむつんでいたあの若い女は、酒井家の姫でなかったことだ。姫はずっと上屋敷にいて、下屋敷にやってくることは滅多にないという。下屋敷が気に入らないというより、外出がきらいらしい。

となると、あの夜も姫は来ていなかったのだろう。

例の襲ってきた侍も見つかった。長屋門のなかの長屋に一室を与えられていた。

若い侍もわかった。隣に部屋を与えられていた。

二人は、やはり勤番侍なのだろう。上屋敷に収容しきれない者たちが、こちらに住まっているのだ。

どうするか。訪ねてみたいという気になった。

いや、やめておこう。訪ねたところで、まただんまりにちがいない。それも気が重い。

翌日は朝から酒井屋敷を張っていた。今日も天気がいい。ただ、陽射しにはつやがなく、どことなくか弱さが感じられる。冬の太陽に変わりつつあるのだ。

今朝は冷えこんだ。起きるのはつらかったが、夏兵衛は断固たる思いで布団を抜け、巻真寺を出てきたのである。

意地でも、あの侍がなぜ自分を襲ったのか突きとめる気でいる。

おっ。

朝の五つ半（午前九時）すぎに、あの侍と若い侍が連れ立って姿をあらわした。表門のくぐり戸を出てきたのだ。二人は、大きな荷物を担いでいる。

あれはなんだ。剣術の道具か。

それにしても、なんて幸運だろう。最近、俺はついているなあ。

荷物を担ぎ直した二人が歩きだしたのを見て、夏兵衛は追いはじめた。つけているのを覚られたくはないので、十分に距離を取る。

二人は近くの寺に入り、本堂の裏にまわった。そこで竹刀を取りだし、剣の稽古《けいこ》をはじめた。

ずいぶん熱の入った稽古だ。

俺にやられたのが、よほどこたえたんじゃないのか。

半刻《とき》ほどで稽古を終え、寺の井戸で顔を洗い、腕や体を手ぬぐいでぬぐった。二人は満足そうな表情で寺をあとにした。夏兵衛を襲い、敗れたことなど、まったく覚えていないような風情に見えた。

その様子を、鐘楼の陰で、夏兵衛はずっと見ていた。半刻というのは、かなり長く感じた。やっと終わってくれたよ。

二人は、そのまま酒井屋敷への道をたどりはじめた。

このまま帰っちまうのかな。

案の定、二人は下屋敷に姿を消した。

夏兵衛は道を戻り、先ほどの寺の山門をくぐった。寺は、墨隆寺《ぼくりゅうじ》といった。

さっきまでいなかった寺男が庭を掃いていたので、さっそく話をきいた。

「先ほど、そちらで剣術の稽古をされているお侍がいらっしゃいましたね。すごい迫力でびっくりいたしましたよ」

「ああ、はい、株多《かぶた》要之進《ようのしん》さまですよ。お若いほうが、広瀬《ひろせ》篤之丞《あつのじょう》さまです。酒井さまの下屋敷で暮らしていらっしゃる勤番侍で、下屋敷にも道場はあるのですが、お二人は二人で気兼ねなく稽古をしたいとおっしゃって、こちらでよくなされます」

「ややご年配の方が、株多さまといわれるのですか」

「ええ、遣い手らしいですよ。国元ではどこかの門の門番とのことですが、なにしろ、国元に戻り次第、酒井さまの剣術指南役の一人になることが決まっているそうですからね」

「へえ、そうなんですか。すごいですね」

「ええ、まったくです。剣術道場のあるじの推挙ということらしいですよ」

「広瀬さまは株多さまの弟弟子ということですか」

「そのようですね。父親のように慕っているらしいですよ」

夏兵衛は礼をいって、墨隆寺を辞した。

剣術指南役か。そんな男がどうして俺を狙うのか。


その後、ときに酒井屋敷のなかに忍びこむことも辞さず、夏兵衛は株多要之進のことを調べた。

門番の分際で剣術指南役になりあがることにねたみを持つ者がかなり多いようで、株多要之進の名は、家中の者たちの噂話に頻繁に出てきた。

夏兵衛の気を惹《ひ》いたのは、要之進が決して風呂《ふろ》にほかの者と入ろうとしないということだ。唯一の例外が、弟弟子の広瀬篤之丞とのことだった。

行水も同じで、要之進は肌を見せることがないとのことだ。

まるで女のようだな、と夏兵衛は思った。それでも、女は湯屋に行けばいやでも肌を見せる。

ほかに耳にしたことは、二十年ほど前、要之進は、罪を得て謹慎した者に対する上意討ちを命じられたことがあったことだ。

上意討ちを命じられた他の二名とともに、討っ手として、とある屋敷に乗りこんだことがあるのである。

しかし屋敷にこもった者は、家中きっての遣い手で、要之進以外の二人は返り討ちにされた。

結局、要之進だけが生き残り、使命を果たした。そのとき要之進はまだ二十歳の若者だったという。帰ってきたとき着物はぼろぼろで、体中に傷を負っていた。

これはどういうことなのか。

巻真寺の離れの畳の上で、腕組みして考えこんだ。

どうして俺が狙われなきゃいけねえんだ。

さっぱりわからない。

もう一度、よく考えてみることにした。

株多要之進と俺が顔を合わせたことがあるのは、ただの二度だ。

一度目は、株多がむつんでいるとき。二度目はこの前、襲われたときだ。

ということは、一度目のことが理由で俺は襲われたことになる。

腰元とむつんでいるのを見られたから、襲ったのか。

いや、それはいくらなんでもちがうだろう。

これまで得た噂話を合わせて、考えてみる。

——もしや。

俺はまだ気づいていないなにかを、あのとき目の当たりにしたのではないか。

なにを見たのか。

必死に思いだす。

二十年前、株多は上意討ちを命じられて、見事に命を果たした。しかし体中に傷を負った。

あのとき腰元に覆いかぶさっている株多の背中。

あれか。

夏兵衛は今、はっきりと思いだした。

株多要之進の背中には小さな傷があった。あのときは二人のむつみ合う姿ばかりに目がいき、気づかなかったが、今は明瞭《めいりょう》に思いだすことができる。

ただ、これも、株多がなにもしなければ、一生思いだすことはなかっただろう。

株多要之進の背中の傷。それがなにを意味するものか。

答えは一つだろう。

もし背中に傷があるのを他者に見られたらどうなるか。

剣術指南役になるのは、まずもって無理だろう。推挙してくれた剣術道場の師匠の顔に泥を塗ることになる。

「夏兵衛、いるか」

外から参信の声がした。

「はい、いますよ」

夏兵衛は起きあがり、障子をあけた。

「なんですか、こんな昼っぱらから」

「昼っぱらなんて言葉はないぞ。慎め」

「はい」

「きさま、このところずっと手習を休んでいるな。どういうつもりだ」

「この前、和尚にお話ししたように、人助けをしています」

「進んでいるのか」

「はい、いいえ、あまり」

「おまえのことだから、そんなことだろうと思った。情けないやつめ」

「いいえ、でも、道賢さんと舜瑞さんの探索では、おまえにはその手の才があるからっていって、和尚は頼んできたんじゃありませんでしたか」

「そうだったかな」

和尚が手を打ち鳴らした。

「おまえに客人だ」

「誰です」

「あそこにいるだろう」

参信が指さす。

「あれ」

夏兵衛は買ったばかりの雪駄を履いた。

「でも和尚、いつもなら来客は千乃さんが伝えてくれるんですけど、今日は千乃さん、いないんですかい」

「おまえが色目をつかうから、わしが自ら来たんだ」

「俺は、色目なんてつかったこと、一度もありませんよ」

「はっ、どうだかな」

「本当にありませんよ」

「とっとと行け。待っているぞ。なにか深刻そうだぞ」

夏兵衛は、鐘楼のそばで待っている男に駆け寄った。

「どうしたんだい、豪之助さん」

参信のいう通り、豪之助はしょぼくれている。まるで餌を何日も食べていない野良犬のようだ。

「なにかあったのか」

「実は、とっつあんが行方知れずなんだ」

「いつから」

「数日前から」

「ええっ」

「妹は心配で飯が喉《のど》を通らなくなっちまってる。実をいうと俺もだ。食わないと倒れちまうから無理に押しこんでいるんだけど……」

「心当たりは」

「思いつくところはすべて当たった。でも、見つからねえ」

豪之助が頭を下げる。

「それで、夏兵衛さんを頼りたくて、こうしてきたんだ。頼む、夏兵衛さん、一緒にとっつあんを探してくれないか」

「お安いご用だ」

夏兵衛は寺を飛びだし、豪之助とともに伊造を探しはじめた。

いろいろと話をきいた。それで夏兵衛は、伊造が、淀吉という関所破りを生業《なりわい》にしている男を殺した者の探索をしていたことを知った。

引っかかったのは、やはり輪本屋という飛脚問屋の話だ。

「その店、怪しいんだな」

「怪しいもなにも、関所破りをしてのけた男が出入りしているんだから」

「伊造さん、その店に押しこめられているかもしれないな」

「俺もそのことを考えた」

「豪之助さん、そのことを伊造さんが手札をもらっている同心にいったか」

「もちろん」

「同心はなんと」

「調べてみるといってくれた」

「調べているのかな」

「滝口さまというんだが、信頼できるお方だから」

「でも、まだなにもいってこないんだな」

「いや、一度、滝口さんご自身、輸本屋に乗りこみ、徹底して家探しをされたそうなんだ。でもとっつあんは見つからなかった」

「そうだったのか」

輸本屋の前を通ってみた。同心が家探しして、見つからなかったのなら、伊造はこの店にはいないのだろう。

では、どこにいるのか。どこかで行き倒れたということはないのか。

「伊造さん、持病は」

「ないけど、体は相当がたがきているようだね。それに、あちこちに古傷を抱えている」

「だったら、医者を当たってみるか」

輸本屋の界隈《かいわい》の医者を虱潰《しらみつぶ》しにした。

ちょうど十軒目で伊造は見つかった。

「あんたたちの身内かい。よかったよ。ずっとこの人の看病にかかりきりで、自身番に知らせることもできなかったんだ」

年老いているが、歯はほとんどそろっている医者がはきはきとした口調でいった。

「ああ、よかった」

豪之助が枕元に座り、顔をのぞきこむ。伊造はこんこんと眠っていた。ときおりなにか苦しげにうめくが、言葉にはならない。

「とっつあん」

布団に頭をうずめて泣きだした。

ひでえな、こりゃ。

夏兵衛は顔をしかめた。

晒《さら》しが巻いてある顔は、形が変わってしまっている。唇は切れ、歯はほとんどが欠け、顎《あご》の骨も折れているにちがいない。

これでは、仮に目覚めても言葉を話すことはできない。

「体もぼろぼろさ。そこいらじゅう骨が折られている。手の指もすべて折れてしまっている。これで生きているってことは、よほど体の力が強いんだね。うらやましいよ。でも死んじまったほうが、楽だったんだろうが」

そういうものかもしれない。でも伊造は生きるほうを選んだのだろう。そのあたりの執念は見習わなければならない。

それにしても手の指もか、と夏兵衛は暗澹《あんたん》として思った。徹底してやったものだ。筆談もできないようにしたのか。

「輪本屋の野郎」

豪之助が叫び、立ちあがった。

「どうする気だい」

「決まってる。乗りこむのさ」

つき合おうかと考えた。だが、夏兵衛はやめた。

「豪之助さん、頭を冷やせ」

「親父をこんなにされて、黙っていられるわけがないだろう」

「乗りこんでどうするんだ」

「全員、ぶちのめす」

「できるか」

できるさ、といいかけて豪之助がうなだれる。

「俺にまかしておいてくれ」

夏兵衛は力強くいった。


その夜、夏兵衛は輸本屋に忍びこんだ。

店の奥が、店の家人たちの居間になっていた。

輸本屋のあるじは、貫五郎《かんごろう》といった。いい歳だが、独り身だ。でっぷりとして、まるで蟹《かに》のような顔をしている。あたりを睥睨《へいげい》する目つきは鋭く、この男ににらみつけられたらさぞ怖かろうな、と思わせる迫力に満ちている。

裏街道を歩いている者に特有の迫力といっていいのではないか。

居間には、数名の男が集まっている。いずれも人相はよくない。

それを、夏兵衛は天井裏にひそんで見ていた。町奉行所をなめているのか、定廻り同心に家探しをされたというのに、この者たちはいまだにこの家を動こうとしていない。ほかに行くところもないのか、とにかく伊造を半殺しにしたのはこいつらでまちがいないが、証拠がなにもないと、高をくっているのだろう。

――なめやがって。思い知らせてやる。

「しかしお頭、なかなか見つかりませんね」

「弱音を吐くな」

「はい、すみません」

「いいか、どんなことをしても、淀吉の仇《かたき》は討たなきゃならねえんだ。さもねえと、わしたちは他の者になめられっぱなしになっちまう。体面などくだらねえ、という者もいるかもしれねえが、この世で最も大事なものは体面だ。これを潰《つぶ》されてこけにされ、それでも手をこまねいている者がいたら、そんな野郎は死んじまったほうがいい」

裏街道を行く者にしてはなかなかいいことをいうな、と夏兵衛は少しだけ感心した。

「いいか、草の根わけても、鉄砲を持って関所破りした浪人を探しだし、殺せ。あの岡っ引みてえに半殺しじゃあすまねえぞ」

野郎、と夏兵衛は思った。やっぱりこいつらが伊造さんをあんな目に遭わせたのだ。許さねえぞ。それにしても、鉄砲を持って関所破りした浪人というのは、まさか……。

背後で、なにかが動く気配がした。

はっとして首を動かす。

鼠がいた。

まずいぞ。

体がかたまる。悲鳴が出そうだ。

口を押さえようとしたが、手が動かない。

ああ、駄目だ。

まるで小便を漏らすかのように、声が出てゆく。

いや、声はぎりぎりで出なかった。鼠がひょいと視野から消えたからだ。

な、なんだ。

目をこらして見ると、驚くほど近くに人影がいて、鼠をつかまえたところだった。

がっしりとした体格の男だが、話にきく忍びのように忍び頭巾《ずきん》をしている。全身を忍び装束のようなもので包んでいる。腰には脇差を帯びている。

男が鼠より怖く、夏兵衛はじっとしているしかなかった。

今にも、なにかされるのではないか。

そんな恐怖が胸をわしづかみにしている。

忍び頭巾の男はそんな夏兵衛をじっと見ている。

にやりと目で笑いかけてきた。少なくとも、夏兵衛にはそう見えた。

鼠を手に、忍び頭巾の者はあっという間にいなくなった。

夏兵衛はぽかんとせざるを得なかった。

今のは、な、なんだ。幻じゃあないのか。

ちがう。鼠がいなくなっているのが証《あかし》だ。

しかし、どうしてあんなのがいるんだ。

鉢合わせということか。

ああ、怖かった。でも鼠をつかまえてくれたってことは、悪いやつじゃあないんじゃないのかな。

胸をなでおろして、夏兵衛は天井裏から下を見た。

輪本屋の男たちはなにも気づかず、話を続けている。

ああ、助かったあ。

必要なものは手に入れた。

——さて、帰るか。

夏兵衛は天井裏をそろそろと動きはじめた。

輪本屋で仕入れたことを、夏兵衛は豪之助に話した。

「どうやってそこまでわかったんだい」

豪之助が目を丸くする。

「まあ、いろいろ手はあるんだ」

釈然としなかったようだが、豪之助はすぐに滝口という同心に報告したようだ。

伊造のことがなくても、関所破りという大罪を繰り返していたことから、輪本屋の運命はすでに定まっていたようなものだ。

「いよいよだな」

豪之助が夏兵衛にいう。すでに深夜だ。輪本屋も寝静まっている。

「夏兵衛さん、よくついてきてくれたな」

「以前、伊造さんにも一緒に働こうっていわれたし、豪之助さんは俺の友垣だからな」

「そうか、俺たちは友垣か」

「そうさ」

「ありがてえ」

町奉行所からは、与力も出張っている。伊造のことがあったので、同心の滝口米一郎が動いたときいている。馬上で、采配《さいはい》を持っている姿が凛々《りり》しい。

その与力が采配を振った。

五十名近い捕り手が、輸本屋に殺到した。

丸太で雨戸を突き破り、あっという間に店のなかに入っていった。まるで大波がぶつかったようだ。

こんなに勇猛なのか。

捕り手などというのは、臆病者《おくびょうもの》ぞろいと思っていたから、夏兵衛には意外だった。

豪之助も奮戦した。十手を手に走りまわり、一人の男をふん縛ったほどだ。

あまり張り切りすぎて怪我をしなきゃいいが、とはらはらしながら見守っていた夏兵衛もほっとした。

すべての者をとらえるのに、ほんの四《し》半刻《はんとき》ほどしか必要としなかった。目が覚めるほどの鮮やかな捕縛ぶりだった。

その後、輸本屋の者たちはすべてを白状した。首謀者たちはすべて獄門と決まった。

鉄砲を持って関所破りをしたのは、まずまちがいなく木下留左衛門だろう。木下留左衛門が淀吉を殺したのは、木下とたまたま江戸で出くわした淀吉が、金を無心したことが理由だったようだ。

淀吉が殺され、留左衛門が見つからない以上、真実はわからないが、輸本屋の男がそういったのを、同心の滝口が豪之助に教えてくれたそうだ。

酒井家の株多要之進が夏兵衛を襲ったのは、どうやら豪之助の口が原因らしい。高級料亭の田万河で、夏兵衛のことをしゃべったことがあったという。

「あのとき、田万河からの帰り、誰かにつけられていたような気がしたんだ」

調べてみると、田万河は酒井家の者がよく利用していたという。剣術指南役に決まっていたということで、きっと株多を招く者があったにちがいない。そのとき、夏兵衛のことをきかれたのだろう。

夏兵衛は今、江戸の町を歩いている。天気は悪く、雨が降りそうだが、まだしばらくはもちそうだ。

夏兵衛は足をとめた。今日、名医ときいた哲斎に会ってきたのだ。

あの万引きの老侍がいっていた通り、腕はすばらしいようだ。

あのお医者なら、と夏兵衛は思った。きっと有之介さんの病を治してくれるにちがいない。

一刻もはやく郁江と有之介にそのことを知らせたくて、夏兵衛はさらに足をはやめた。

解説

清原康正《きよはらやすまさ》（文芸評論家）

本書『関所破り』は、講談社文庫から角川文庫に移籍して新スタートした「下っ引夏兵衛捕物控」シリーズの第二弾である。

第一『闇の目』で、夜目が利き、錠前破りも鮮やかな腕利きの盗賊である主人公の夏兵衛《なつべえ》を軸に、鼠が大の苦手らしいことを知って「鼠苦手小僧」と名付けて夏兵衛を追う老岡っ引の伊造《いぞう》、そのせがれで博打《ばくち》と酒と女が大好きなぐうたらな豪之助《ごうのすけ》の三人のキャラクターにすでに魅了された読者も多いことだろう。第二弾の本書でも、この三人の言動が、時にシリアスに、時にアクロバティカルに、そしてユーモラスに生き生きと描き出されていく。

このシリーズの特色は、一話ごとに、あるいは一巻ごとに事件が完結するものではないところにある。第一弾『闇の目』で展開されていた二人の僧侶《そうりょ》の行方不明事件は未解決のまま、この第二弾『関所破り』に持ち越されている。そして、新たな事件が起こり、夏兵衛、伊造、豪之助の三人がそれに関わっていくこととなる。

この新たな事件に絡んで、第一弾でさまざまな形で展開されていた三人がそれぞれに抱える事情なども引き継がれており、事件の謎がどんどんと増していく面白さがあり、読み始めると止められない魅力がある。第一弾を未読の読者でも、その都度、これまでの経緯が簡易に紹介されているので、この第二弾からでも「下っ引夏兵衛捕物控」シリーズを十分に楽しむことができる。作者の筆はそうした点にも行き届いており、心憎いばかりの配慮がほどこされている。

第二弾の題名『関所破り』は、「袈裟《けさ》斬り」「小田原の男」「掛川の鉄砲」「半殺し」の全四章からなる短編連作の総タイトルである。この総タイトルが意味するところは、物語全体を通して明らかなものとなっていく。

まず、根津門前町《ねづもんぜんちょう》で町人が斬殺《ざんさつ》される事件が起こり、伊造が殺害現場を中心に周辺の探索を開始する。殺された男の人相書を懐に上野《うえの》などの盛り場にまで探索の場を広げていき、ある旅籠《はたご》で人相書の男が小田原《おだわら》に住む箱根《はこね》の木こり・淀吉《よどきち》であることを突き止める。その淀吉に会いに来た者がいると聞きこんだことで、ぐうたらな馬鹿息子と決めつけている豪之助を淀吉が常宿にしていた旅籠の一室に張り込ませる。

こうした伊造の熟練の岡っ引としての探索ぶりと事件に対する推理が物語が始まってすぐの段階で展開されていき、伊造・豪之助の父子の情も含めて、読む者の関心と興味を先へ先へと引っ張っていくのである。まことに卓越した筆さばきになっている。

一方、夏兵衛は、第一弾で知ったお由岐《ゆき》が弟・有之介《ゆうのすけ》と住む長屋に向かっていた。煮売り酒屋・鴨下《かもした》で春をひさいでいたお由岐は、住まいを知られたことで鴨下での働きをやめる決心をしたようである。お由岐の本名は由永郁江《よしながいくえ》で、姉夫婦を殺害した木下留左衛門《きのしたるざえもん》を仇《かたき》として追っていることは教えてもらったものの、それ以上の詳しいことを夏兵衛はまだ聞かされていなかった。

夏兵衛がお由岐＝郁江が住む長屋の路地に足を踏み入れる場面では、路地に干された洗濯物が風に揺れる描写がなされている。ちょっとした描写なのだが、江戸の庶民の暮らし象徴するものとして効果を上げている。こういったディテールの描写に手を抜かないところにも、本シリーズの魅力がある。

伊造の探索をめぐる展開と夏兵衛の行動を追う展開とが入れ子になっているので、豪之助も含めて、三人三様にそれぞれに紹介していくこととする。

夏兵衛は参信《さんしん》和尚の手習いをさぼったことで、境内の木に縛り付けられてしまう。

その夜に、覆面の男が抜き身で夏兵衛に襲いかかってくる。あわやという時に参信が気づき、大喝して石つぶてを放って救ってくれた。こうした緊迫した場面でも、その前に手習いに通って来る子供たちと夏兵衛の交流模様が描かれている。子供たちの描写がかわいくて、一服の清涼剤ともなっている。

夏兵衛は仇を探す郁江と江戸の町を歩き、留左衛門が姉夫婦を殺して由永家の家宝の鉄砲を奪っていったことを聞かされる。三町先の的を楽々と射貫《いぬ》くことができる戦国期に作られた優れものだという。さらにはそんな鉄砲の威力に封じこめをして、その封じこめの魔力を解く呪文《じゅもん》を記した古い巻物があることも知る。有之介が見せてくれたその巻物には「土、八、口、又、可、女、生、日、立、言、人、日、糸、皮……」などの漢字が全部で二百六十六文字も記されていた。ここでまた、新たな謎が浮かび上がってくるのだ。

このあとの展開は、時代ミステリーとしての興趣を削《そ》ぐこととなるので詳細は省くこととするが、淀吉が箱根の関所破りを生業《なりわい》としていて、留左衛門が由永家の家宝であった鉄砲を持って淀吉と関所破りをしたらしいと分かる。この推測に行き着くまでの夏兵衛と伊造、そして豪之助の行動が克明に描写されていく。

とりわけ、伊造の尾行の模様、二人の侍に不意に襲われて丸腰で戦う夏兵衛の身のこなしようなど、読む者にとってはあたかも自分自身が尾行しているような、白刃をかわしているような、そんな実感のあるスリリングな描写となっている。これもこのシリーズの大きな魅力である。

魅力をあげればまだまだある。例えば、江戸の食べ物に関する描写である。豪之助が口にする高級料亭の酒と料理の味、夏兵衛の母親が作ってくれる朝餉《あさげ》の味わい、郁江お手製の塩むすびの味など、場面に応じての味わいが醸し出されていく。前述したディテールへのこだわりを強く感じさせる場面となっている。

そして、もう一つは〝闇〟の描写である。第三章「掛川の鉄砲」では「すでに夜は江戸の町を完全に支配し、伊造は提灯《ちょうちん》を灯《とも》している」「夜の尾行にはありがたい」と、第四章「半殺し」では夏兵衛が「昨夜の戦いで最も大きかったのは、闇に助けられたこと」「夜を舞台にしていなかったら、あそこまでうまくいかなかっただろう。文字通り、闇討ちをしてくれたことが吉と出た」としみじみと思う場面で、人を不安にさせると同時に救いともなる〝闇〟が効果的に扱われている。

ところで、このシリーズの時代背景は、賄賂《わいろ》政治家として何かと批判される田沼《たぬま》意次《おきつぐ》が老中として権力を振るった時期である。江戸中期の明和《めいわ》期から天明《てんめい》期にかけて商業に力点を置く経済政策を推進した。この田沼の経済政策に関して、夏兵衛は景気がよくなって世の中が落ち着いてきたと思う。「こんな世がこれまで日《ひ》の本《もと》の国にあっただろうか。今が最高の時代なのではないか」「町行く人たちの表情が明るいのは、善政が行われているという、なによりの証《あかし》である」「今の景気のよさに、驕《おご》らずに生きてゆければそれが一番のような気がする」と、夏兵衛の心情が描かれている。

これに対して、第一弾の第二章「消えた僧侶」では、田沼意次の「米から、金に政の舵《かじ》を切った」政策に対して、「このやり方がいいのか伊造には正直わからないが、今は金が太い水流のようになって世をめぐっており、それがために景気はすばらしくいい。／町人たちもその景気のよさをたたえ、浮かれている」「鼠苦手小僧は、今の景気のよさをどう見ているのだろう。苦々しく見ているはずがないとは思う」と、伊造の心情がとらえられていた。盗人稼業と老岡っ引の立場の違いでもあるのだが、バブル経済に対する老若の時代認識の違いをも如実に浮かび上がらせている。

さて、第一弾に続いてこの第二弾でも、いくつかの事件は未解決で謎のままである。事件だけでなく、夏兵衛と郁江、豪之助とお里《さと》、参信と千乃《ちの》、さらには北町奉行所同心・滝口米一郎《たきぐちよねいちろう》とお久芽《くめ》の男女関係もさほどの進展はなく、第三弾へ引き継がれていくこととなる。千乃にぞっこんの参信和尚だが、夏兵衛は千乃が若い男に飢えているのは確かなようだと踏んでおり、「なにか妙なことが起きなきゃ、いいがなあ」と気をもんでもいる。さり気ない描写なのだが、わざわざ夏兵衛にこう思わせるのはシリーズの今後の展開の伏線なのかもなどと気になり、この二人の行く末がどうなっていくかという興味も残る。

また、半殺しに遭った伊造、岡っ引の仕事を豪之助は継ぐのかどうか、郁江・有之介の姉弟《きょうだい》の仇討《あだう》ちは実現するのか、それに夏兵衛はどう助太刀してやることができるのかなどなど、読者の興味と関心はますます高まっていくことだろう。

本書は二〇〇八年七月に講談社文庫から刊行された
作品を一部改題し、加筆・修正したものです。

関《せき》所《しよ》破《やぶ》り

下《した》っ引《びき》夏《なつ》兵《べ》衛《え》捕物控《とりものひかえ》

鈴《すず》木《き》英《えい》治《じ》

平成28年 4月25日　初版発行

発行者●郡司 聡

発行●株式会社KADOKAWA
〒102-8177　東京都千代田区富士見2-13-3
電話 0570-002-301（カスタマーサポート・ナビダイヤル）
受付時間 9:00～17:00（土日 祝日 年末年始を除く）
http://www.kadokawa.co.jp/

角川文庫 19715

印刷所●旭印刷株式会社　製本所●本間製本株式会社

表紙画●和田三造

ISBN978-4-04-103486-6　C0193

角川文庫発刊に際して

角川源義

第二次世界大戦の敗北は、軍事力の敗北であった以上に、私たちの若い文化力の敗退であった。私たちの文化が戦争に対して如何に無力であり、単なるあだ花に過ぎなかったかを、私たちは身を以て体験し痛感した。西洋近代文化の摂取にとって、明治以後八十年の歳月は決して短かすぎたとは言えない。にもかかわらず、近代文化の伝統を確立し、自由な批判と柔軟な良識に富む文化層として自らを形成することに私たちは失敗して来た。そしてこれは、各層への文化の普及滲透を任務とする出版人の責任でもあった。

一九四五年以来、私たちは再び振出しに戻り、第一歩から踏み出すことを余儀なくされた。これは大きな不幸ではあるが、反面、これまでの混沌・未熟・歪曲の中にあった我が国の文化に秩序と確たる基礎を齎らすためには絶好の機会でもある。角川書店は、このような祖国の文化的危機にあたり、微力をも顧みず再建の礎石たるべき抱負と決意とをもって出発したが、ここに創立以来の念願を果すべく角川文庫を発刊する。これまで刊行されたあらゆる全集叢書文庫類の長所と短所とを検討し、古今東西の不朽の典籍を、良心的編集のもとに、廉価に、そして書架にふさわしい美本として、多くのひとびとに提供しようとする。しかし私たちは徒らに百科全書的な知識のジレッタントを作ることを目的とせず、あくまで祖国の文化に秩序と再建への道を示し、この文庫を角川書店の栄ある事業として、今後永久に継続発展せしめ、学芸と教養との殿堂として大成せんことを期したい。多くの読書子の愛情ある忠言と支持とによって、この希望と抱負とを完遂せしめられんことを願う。

一九四九年五月三日